行走中国丛书

主编◎张昌山　耿昇

洱海传

——寻访洱海历史自然景观的诗性笔记

海　男◎著

云南出版集团

云南人民出版社

图书在版编目（CIP）数据

洱海传：寻访洱海历史自然景观的诗性笔记/海男

著. -- 昆明：云南人民出版社，2019.9

（行走中国丛书）

ISBN 978-7-222-18508-1

Ⅰ. ①洱… Ⅱ. ①海… Ⅲ. ①散文—中国—当代

Ⅳ. ①I267

中国版本图书馆CIP数据核字(2019)第148008号

出 品 人：赵石定
责任编辑：刘 焰 苏映华
装帧设计：白 雪
责任校对：陈春梅
责任印制：窦雪松

行走中国丛书

洱海传

——寻访洱海历史自然景观的诗性笔记

海 男 著

出版	云南出版集团 云南人民出版社
发行	云南人民出版社
社址	昆明市环城西路609号
邮编	650034
网址	www.ynpph.com.cn
E-mail	ynrms@sina.com
开本	787mm×1092mm 1/16
印张	9
字数	120千
版次	2019年9月第1版第1次印刷
印刷	云南出版印刷集团有限责任公司
	云南新华印刷一厂
书号	ISBN 978-7-222-18508-1
定价	35.00元

如需购买图书、反馈意见，请与我社联系

总编室：0871-64109126 发行部：0871-64108507

审校部：0871-64164626 印制部：0871-64191534

云南人民出版社微信公众号

总　序

张昌山

　　从黑格尔以来，传统中国长期被欧洲中心主义者视为一个"停滞的帝国"。这一观念出现几十年之后，国人终于认识到，中国正面临着前所未有的深刻变革。清同治十一年（1872年），李鸿章在《复议制造轮船未可裁撤折》中说："臣窃惟欧洲诸国，百十年来，由印度而南洋，由南洋而中国，闯入边界腹地，凡前史所未载，亘古所未通，无不款关而求互市。我皇上如天之度，概与立约通商，以牢笼之，合地球东西南朔九万里之遥，胥聚于中国，此三千余年一大变局也。"光绪元年（1875年），李氏又在《因台湾事变筹画海防折》中说："历代备边，多在西北。其强弱之势，主客之形，皆适相埒，且犹有中外界限。今则东南海疆万余里，各国通商传教，来往自如，麇集京师及各省腹地，阳托和好之名，阴怀吞噬之计，一国生事，数国构煽，实为数千年未有之变局。"李鸿章对世界和中国的这种认识还在多个场合说过。当时的中国，一下子从"普天之下，莫非王土；率土之滨，莫非王臣"的天下，迅速跌进五大洋、四大洲之中的世界，甚至只是亚洲东部一个落后的大国。

　　这数千年未有的大变局，就是以工业革命为主导的近代化及现代化，而中国从传统社会向现代社会转型的这一近代化及现代化过程，至今仍在进行之中。

　　百年间，一些中外人士行走在中国这片古老而又在变动的土地上。行走者中，既有外国的传教士、外交官、探险家，更有中国的文人、学者、科学家、商人、军人，甚至有家庭妇女。他们的游记、札记、考察报告、探险实录等，见证并记录了其自身行走的经历和中国近代化及现代化的过程。当时写下这些文字的人虽身份各异、目的不同，但每一部作品记录的都是作者个人的观察与体验，也记载了他们的所思所想和个性特征。

而不同的作品拼合起来，则在横向空间上似画卷一般展现了中国各地的风土人情和社会面貌，而在纵向的时间上则有如电影一样显示了中国在不同历史时期社会变迁的细节与大势。在他们笔下，中国不再是故纸堆中的陈旧记忆，而是活生生展开的现实景象。

把历史还原到现场和实际生活，这大概是每一个想了解历史的人的最大愿望。我们从这些作者在中国的行走、体验之中看到了一种活态的中国历史，它们明显区别于以往的正史和官方档案之类的文献资料所记录的静态中国历史，而且，人生的丰富性、视角的差异性及社会的多元性，也尽在其中了。

德国学者赫尔德所倡导的"同情之理解"，作为一种历史研究方法，在中国学者中以陈寅恪等用得最深也最好。如今，我们把这些中外作者的各类作品作为历史文本来阅读、感受和研究，通过这些文本去体验他们在这片土地上的行走、见闻与思考，这也是一种"同情之理解"的实践。今天的人们可以从中感受这些作者所体验的中国社会，从而更具体、更深刻地观察了解中国近代化及现代化进程的艰辛与经验。

将中国放在整个世界大格局中来看，这一百多年的历史，大致就是摇摇晃晃、步履蹒跚地走向世界和走向现代的过程。鉴往才能识今和知来，但由于过去的观念、方法、习惯和经验等因素，有意无意地遮蔽和塑造了我们对于这段历史的认识与解释，因此，云南人民出版社推出的这套"行走中国"大型丛书，是在回头观看百年中国之动静，是在体会"我看人看我"的经验，其实质则是向前进，走向永恒的未来。

青山遮不住，毕竟东流去。历史的洪流和时代的浪潮虽然可能会被拖延，却不可能永远被遮挡。司马相如曾说："盖世必有非常之人，然后有非常之事；有非常之事，然后有非常之功。非常者，固常人之所异也。"李鸿章有言："处数千年未有之奇局，自应建数千年未有之奇业。"这两句话的时间相差2000年，表达的却是同一种心声，谨抄录于此，作为我们对国家和时代的期许。

是为序。

2015 年 5 月

我灵魂之旅的一次写作

——我为什么与洱海相遇（前序）

海　男

我生命中为什么与洱海相遇？这不是一个哲学问题，而是一个生活问题。我记得我第一次看见洱海是在我年仅十六岁的年华，那时候我的年华与父母捆绑在滇西永胜的一座小县城，我的父母均是云南红河州人，却在 20 世纪 50 年代末期进入了滇西，在他们婚姻生活周转不息的生涯之后，是整个滇西广袤的背景。尽管如此，我与洱海依然隔得很遥远。在我十六岁那年，我搭上了一辆波兰大货车前往昆明，中间经过了大理古城时，大货车的车轮坏了，年轻的货车司机钻进车厢下独自换车轮时，我则朝着路边的一条小路往下走，站在布满野花的山坡上往下眺望时，一片波光浩瀚的水域跃入了我的眼帘，于是，我喜悦地慢慢往下走，水域越变越宽阔，越变越宽阔，这就是洱海。当我来到水边时，一群水鸟正从一片岸边的芦苇草中拍翅飞出，我站在苇草边，那时候，我还没有触摸到帕斯卡尔《思想录》中的那些摇曳中的苇草。然而，我的生命却已经够到了水边的苇草，它们因充满韧性而被我的手抓住，我站在水边，用那些碧绿的苇草做了一顶草帽，戴在了我的头顶。十六岁，我看见的洱海，是世界上第一座海洋。然后是我的十八岁，是一位出生于洱海边的朋友将我带到了洱海，有许多年，我都听他讲过他每天在洱海游泳的故事。又过了许多年，我已经写了很多书，游历了许多地方，当我又一次来到洱海时，我赤着脚，到了水深的地方，我看见许多人在洱海游泳，我还看到了我早年的那位朋友从水中探出头来，穿越了许多碧绿的水草，用这样的方式看见了我。而我则看见了整个洱海。之

后，我开始写《南诏大理国秘史》，由于种种写作的渊源，我不断地以私秘的旅履寻访着南诏大理国的源头，在我行走之地，身前身后都是洱海的波浪起伏。

在《南诏大理国秘史》完成之后，我仍然寻访着那些被我记录在灵魂深处的神秘颤音。终于，那些从水上过来的推波逐浪在那个偶然的春天，使我再也无法推开命定的召唤。就这样，神在召唤着我的灵魂面朝洱海，我在梦幻中听从了神意的安排。通过神的牵引，我一次又一次地来到了洱海边。终于，那个让我热泪盈眶的时刻已垂临于我，从波光浪影深处，一个关于洱海的传奇篇章像史诗般从我心底升起，神告诉我说：用语词记载洱海的灵魂史记，是一件无与伦比的事件。神还告诉我说：从过去到现在，从现在到永远，洱海的灵魂终日漫游在岸上，生生不息，永不冥绝。

埃米尔·路德维希在《蓝色地中海》中写道："大海的命运往往在波涛间与海岸边上演。但单调的万顷碧波是没有多少历史可言的，人类的种种奋斗都发生在海岸上，偶然才延伸到大洋深处。透过全人类的奋斗、功绩与创造，我们能听见大海的咆哮，瞥见大海的忧伤。风暴与乌云牵引人们驶向光荣之旅和灭顶之灾，桨橹、风帆、铁锚与灯塔将完整无缺地为读者再现当时的真实面貌，而悬崖、草木、海风以及鱼群，则令这本岛屿密布的书生机盎然。"

就这样，从众神的怀抱脱颖而出的洱海，以巨大的音律撞击着堤岸，我一次次地伫立于堤岸，这是美丽之洱海扑入我眼帘和怀抱的时刻，就这样，我来了。"一个时代的重要性完全取决于它留给后人的东西——无论是学术，是艺术，是一个辉煌年代的记忆，抑或是一位伟大人物的人格。"

就这样，洱海给予了我关于人类历史的一切想象，这想象依据于洱海以上的历史和文明的传奇出现于我的书中，我要写作的书中会一次又一次地激荡起洱海的波浪，正是这些不断轮回的波浪——编织出了洱海的传奇。

　　除此之外，本书贯穿着一种始终如渝的精神，这种循环于每个传奇史记的旋律，源于我们面前的大海。简言之，所有书中辗转反侧的文明和历史足履，都源于洱海的一朵浪花。从这个意义上出发，我们也会寻找到关于洱海的风花雪月之传说。

　　书中被你用手和灵魂所触摸到的传奇，也许是忧伤和悲壮的，这个源于生命的基本元素环游在书中，所以，正如我们人类的史迹中，在出现人类的地方也正是与野兽们相遇之地。世界在创造史诗的抒情和仁慈时，同时创造了眼泪和仇恨；在先知出现之前就缔约了人类的游戏之心，正是这些游戏造就了人类的规则。

　　现在，我似乎逾越了洱海的波涛汹涌，我上了岸，一只水鹤就在旁边。这一刻，世界最美之洱海宁静如圣典，纵览编织洱海传奇者们的历史遗迹，我又一次回过头去，洱海就在身后，躺在众灵的怀抱。从现在到永远，从永远到现在，洱海的蔚蓝是永恒的。

也许是在前世，我曾经是洱海流域的一名女巫，收藏了其漫长的前历史；或许是洱海中的一只水妖和一尾鱼，在水底的波涛中看见了洱海的演变史，所以，今生今世我注定要写《洱海传》。

　　——谨以此书献给洱海流域所编织的各种传说和神话。打开这本书，你就会触摸到历史中的历史，触摸到前洱海的神秘史记。此刻，推开后窗，仿佛从遥远的南诏国时期的洱海的阵阵波涛私语中，飘来了一个古国的演变史记。环绕着洱海流域所敞开的历史，在这本书中以史诗般的旋律和开阔的视野，忧伤而炽热地再现出了已经从洱海上空消失的那些迷人而神秘的历史场景……在书中，洱海温柔地、悲壮地倾诉着那些一波三折的传说和故事。她就是《洱海传》，她的每一朵浪花，都像历史中动人心弦的魔法一样，永恒不朽地潮起潮涌着。

　　洱海，是轻柔的，作为著名的断层湖泊，它从古代文献中脱颖而出的名字有叶榆泽、西二河、昆弥川、洱水、西洱海、珥水、弥海等。今称洱海。洱海北起洱源县江尾，南至大理市下关，长约 42 公里，东西宽 4～9 公里，常年湖面积约 250 平方公里，是云南省内第二大内陆淡水湖泊。

目　录

从大理西城门看到的苍山
云南省大理府
1922 年 5 月 3 日

第一章　细奴逻时期的洱海地区

当细奴逻从巍宝山的茫茫丛林深处崛起之前，洱海地区已经建立了"白子国"。这是一个四面环水的城池，白王的三公主金姑就在这个城池中自由成长着。她注定要与细奴逻相遇，从而成为南诏国的第一代王后。白崖是当初白王先世开国受封的发祥地，时值唐太宗贞观时期，祭铁柱会盟让大位的仪式举行之后，细奴逻与洱海的渊源开始诉说，那些金姑和细奴逻的故事，不断地使洱海溅起波涛，这是前洱海时期，即以细奴逻和洱海边的三公主金姑联姻的洱海。

1. 水的咆哮带来了水的文明和前历史

一阵水的咆哮必然与所有水边的历史紧密结合。水涌上岸，前世和今世的水相互缠绕和沉湎，不间断地诉诸以神、诉诸永恒的时间，从而创造了水的奇境和传说。自有历史的那一时间里，洱海就已出世。它的沿岸出入着众多的精灵们，当洱海流域经历了漫长的青铜和石器时期以后，迎来了细奴逻的时期。

细奴逻是谁？在所有的文献记录中充斥着关于南诏国先王细奴逻的历史脉迹。在通往巍宝山的原始森林中出现了细奴逻，这是 649 年的春天。这个文献中未曾记录的春天是绿色的。铺天盖地的绿伸展开去，奇异的空中爬藤筑起了巨大的空中花园。细奴逻出现在春天的巍宝山时既是猎人，也是蒙舍主。蒙舍也是一个部落，在 649 年的春天，全世界

都以部落划分着地界和天壤之别。这时候的细奴逻站在巍宝山是否已经看见了洱海？

　　649年的春天，洱海闪烁着什么样的波纹？其色泽是什么样的？是否已经预测到了被它的波浪所推逐的历史已经被三公主带到了去巍宝山的路上？从白子国出发的路上，沿洱海的波浪前行，波浪是蓝的，蓝得清澈的那种蓝。站在堤岸上就可以看到洱海鱼，鱼类之丰富，仿佛就是水底宫殿，有麦穗鱼、棒花鱼、大理裂腹鱼、云南裂腹鱼、灰裂腹鱼、杞麓鲤、大眼鲤、春鲤、大理鲤、鲫、太湖云南鮴、侧纹云南鮴、洱海副鮴……鱼可以自由地在水面上裸泳。你无法想象一千多年前的洱海鱼世界，它们在用什么样的方式裸泳。当洱海珍稀鱼类大理裂腹鱼、洱海鲤、缺须盆唇鱼带着它们不同形状的体姿，自由而喜悦地穿行于洱海水世界时，649年的春天来临了。三公主站在洱海岸边，这个季节是葱绿的，因为结缘的时刻来临了。因为与细奴逻相遇的序幕已经拉开了。

　　所有世界史都与人类的故事有关系。洱海就像人类的所有故事一样——与历史的境况相遇，从而开始演变历史。序幕拉开以后，三公主因为出走而迷了路，她本想沿洱海去中原却进入了巍宝山。因为迷路而遇上了野兽从而遇上狩猎人细奴逻。这是前南诏大理国历史的开始，在茫茫无际的巍宝山，隐藏着细奴逻王的抱负和命运的周转不息。

　　巍宝山有神庙和太阳鸟，除此之外巍宝山还拥有无以计数的植物。所以，当细奴逻陪同母亲从哀牢山迁徙到巍宝山，茫茫无涯的丛林就羁绊住了他们继续迁徙的脚步。他们筑起了历史中的蒙舍寨后，整个巍宝山从而也成为狩猎人细奴逻的乐园。在那些被野兽们出入的山冈，纵横着细奴逻的弓弩和俊美的身躯。细奴逻和三公主正值美好的年华，他们必须遵循神意的安排在巍宝山相遇。

　　于是，649年的春天，是一个不凡的季节，当一只巨大的黑熊扑向三公主时，从细奴逻的弓弩中迅猛地射出了最致命的一剑，结束了那只黑熊的命。就这样，细奴逻和三公主相遇了。

2. 三公主和细奴逻的洱海

　　这样的相遇符合了神意的安排，三公主从昏迷中醒来时，睁开双眼就看见了细奴逻还有绿色的原始森林、大片的蔓生植物，精灵似的众鸟们都已经看见了这一刻的降临。三公主与细奴逻的目光久久地对视着，爱情掠过了那些幽灵般的手臂所编织的林带，掠过了光芒和时序在那年春天的轮回中辗转着。转眼间，三公主就成为蒙舍主细奴逻的新娘。

　　这段历史最终必须重回洱海，三公主每次回白子国都要途经洱海。三公主每次面对洱海，都要用很长时间观赏着洱海中游来游去的鱼群。那些自由的鱼群不仅仅培植着三公主的幻想，从而也会将这种地域的幻想带给细奴逻。现在，另一个历史时期随同洱海地区白崖的出现，将演变出一幕历史中的历史。细奴逻曾陪同三公主不断地游历于洱海。我们可以被一个人伟大的抱负所震撼，当然也会被一片海域所挟裹其中。因为其中的波浪会缔约幻想之都，许多伟大而动人的城堡正是在不凡的幻想中诞生的。历史上亚历山大的传奇故事源于探索和征服世界，亚历山大大帝在二十四岁那年，在三角洲东部登陆时满怀豪情，后来古埃及迎接着他的降临，再后来："在孤寂的悬海边，他立即意识到：从这巨大的无风海港之点，能够将海湾和大海联系起来。同时，这一点上，被尼罗河挟持到此的游泥并没有堆积起来阻塞港口。应该在这个地方建立一个城市以鼓励希腊出口商，并保证埃及的收获。同时，它能激活世界的想象，成为一个联合世界的地方，一处记载了他光荣的地方。"

　　就这样，细奴逻先王因为爱情的传奇故事而一次次地面对洱海。因为洱海是值得面对的。它就像是一部重大历史的前沿，它不仅仅拥有细奴逻因为爱情的激情所看见的漫长的海岸线，同时也看见了洱海流域的农业世俗生活。

　　白崖是当初白王先世开国受封的发祥地，这一年孕育着一场神秘而重大的变革。一只神鸟自始至终盘桓在白崖的天空中，它忽儿以金色

的翅膀拍击着旋律，那旋律不是人间的，而是天上的神创造的。天神在改变着世间的一切布局时，也在引领着细奴逻的步履，神鸟终于将细奴逻引领到了白崖。这一年中的这一天，一场仪式将在白崖面对天地举行，张乐进求因为诸葛武侯所立的白崖铁柱出现了剥蚀，所以召集了众部落的首领前来揭开重铸铁柱的仪式。神鸟在高空中散发着炫目而动人的光泽，所有众首领仰望着天或地的神秘光影，人被神所管理着世间的一切秩序，尽管如此，只有心怀神意的人会与神相遇。

　　仪式揭开以后，神鸟从空中俯冲而下，那是一条无限神秘的金带，仿佛是用闪光的金子铺开的经轮。就这样，伟大的轮回开始了，神鸟突然飞到了祭柱图上，这一刻，令所有在场的人都不得不迅速地屏住了呼吸。出现在祭柱图形中的人有：云南大将军张乐进求，西洱海右将军杨宇栋，左将军张矣牟栋，巍峰刺史蒙逻盛，勋功大部落主段守栋、赵览宇、施栋望、李史顶、王青细等九人。神鸟突然在这一刻从祭柱图上抽身，它那突如其来的速度使众人来不及呼吸，所有世界历史都是在闻所未闻的速度中被改变的。

　　历史之所以被改变，是因为神意掌握着人间的一切，当那只神鸟在飞翔中以一种崭新的飞速游离开人们的视线时，新的玄妙开始了，神鸟又飞回来了，在人们的头顶上穿行，仿佛在穿越屏障和迷雾。就在这一刻，神鸟突然飞到了细奴逻的肩头。

　　这个传奇将改变历史，之后，白王目光中闪烁着喜色，他走到了细奴逻身边从自己身上取下那件绣满了神鸟的黑红色披风，披在了细奴逻身上说道：“这是一个神圣的时刻，我们已经看见了，从此以后细奴逻就是神赐的王。”众人也齐声叫道：“细奴逻就是神赐给我们的王！细奴逻就是神赐给我们的王！”就这样，细奴逻身上披着神赐的神鸟披风，他的锦绣前程已经开始升起。太阳的光芒升起又落下，年仅32岁的细奴逻像一个传说开始从南诏国奔驰而出。

洱海上的帆船

3. 穿越了前洱海的波浪

　　巍山王城，由逻晟带领的前南诏国的青年人即将赴京城和中原一带学习汉文化。这是巍山王城的城门口，在南诏国众多文武官员的带领下，唐高宗永徽四年（653年），这支进京城的队伍带着珍奇、骏马、土产、珍禽、异兽等贡物出发了。细奴逻和三公主站在城门口目送着他们。逻晟驱马来到了他们面前，他虽年少，却已经开始显现出了蒙王的英武气派，高大的身体佩带着剑鞘，眉宇间已经开始荡漾着细奴逻年轻时的气质。此刻，一少年从城门外策马归来，他就是逻晟的弟弟晟逻皮。只见他以风一样的速度穿过了城门外的一片巨大的屏障，又以风一样快的速度很快就来到了城门口，他从那匹黑马上跳下来，急促地奔向哥哥逻晟说道："晟哥哥，带上我去京城吧！我已经长大。"晟逻皮的脸上充满了期望，他身上同样佩戴着剑鞘，他走到了父亲身边说道："父王，我每天去林中习武练剑，就想与晟哥哥一块前往京城，父王啊，只要你点头同意，今天晟哥哥就一定会带我走的！"细奴逻伸手抚摸着晟逻皮的头说道："儿啊，你还年幼，等你的身体长高一些，父王一定会送你到京城去的。"

　　蒙舍城门口，众乐师、巫师们已站在城门口的两侧。当奔赴京城的队伍出了城门，众乐师、巫师们就开始奏乐跳舞。蒙舍城的乐师们用各种乐器演奏出了送别的乐曲，巫师们头顶插满了珍禽动物的彩色羽毛，他们一边跳舞，一边祈祷。逻晟骑着一匹黑色的骏马走在前面，在他之后是南诏国的文武官员和年轻的后生们，他们穿过了一道道屏障，穿越过了蔚蓝色洱海的一道道波浪，向远方而去。

4. 一只神鸟盘旋的洱海

　　蒙舍城外的秋天，万物都在以秋色显形露相，巍宝山呈现出了金黄色的世界，无边无际的丘陵伸延出去，秋天仿佛在推波逐浪中前进。

在这前进中的秋天的旋律中，细奴逻出现在秋景之中：前南诏国的先王依然骑着那匹高大的黑骏马在巡视垦荒造城后的秋景，在他身后跟着大臣们，已长成少年的年轻的蒙王晟逻皮也骑马紧随身后。他们策马到了一片当年的垦荒地，这里的秋景中荡漾着果园。那是橙树，硕大的橙果挂满了树枝，细奴逻来到了一棵橙子树下，他已不再是当年与三公主相遇的猎人细奴逻，他的脸上充满了时间的沧桑，眼睛里荡漾着南诏国先王的那种深邃。此刻，他显得有些激动，仿佛又一次被无所不在的神拉着往前走。大臣们也在往前走，年轻的蒙王晟逻皮也在往前走。

随同一片一片橙色的光芒，旋律越来越热烈，细奴逻仿佛已经被一束束神性的光芒所吸引过去。他继续往前走，众人也在跟随他往前走。就这样，当他们越过最后的一片橙园时，巨大而蔚为壮观的洱海出现在眼前。细奴逻站在一岩石上观望着洱海，秋风吹拂着他身上那件神鸟的披风，只见那披风不断地掀起又落下，掀起又落下。

年轻的晟逻皮来到了父亲身边，细奴逻看了晟逻皮一眼说道："逻皮儿，父亲今日不知为什么，看到了洱海边我们未来的一座王城。那王城多么美，多么美，就在洱海边升起。如果有一天，父王倒下去了，你和你的哥哥一定要在洱海边造一座王城。"晟逻皮看着父亲说道："父王，你永远不会倒下去的！""逻皮儿，你必须听着，如果父亲有一天倒下去了，你和你的哥哥必须替你们的父王实现这个愿望，在美如天堂的洱海边重造一座宏大的王城。"晟逻皮坚决地点点头，细奴逻又大声说道："逻皮儿，你必须面对上苍承诺这个愿望！"晟逻皮年轻的脸此时此刻仿佛也被笼罩父王的那种神性的光芒所笼罩着。他看了看天，天宇是那么蔚蓝无际；他又看了看云壤，大地是那样的辽阔深厚。晟逻皮庄严地走到父王身边说道："父王，儿发誓，面对天与地许下诺言，如果亲爱的父王有一天倒下了，我和逻晟一定遵从父亲的美好愿望，在洱海边重建一座王宫！"

他的话音刚落，一阵风的呼啸声挟带着从丘陵深处荡来的秋瑟声扑面而来。出现了细奴逻的面孔，南诏国先王的面孔出现了欣慰，那是

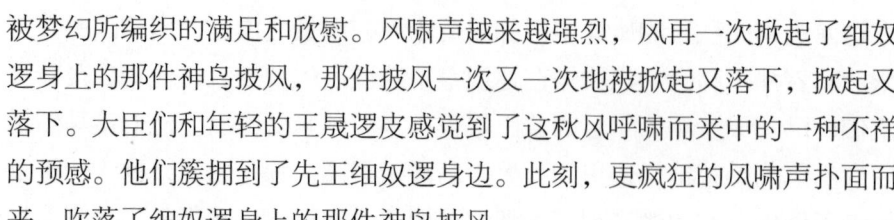

被梦幻所编织的满足和欣慰。风啸声越来越强烈，风再一次掀起了细奴逻身上的那件神鸟披风，那件披风一次又一次地被掀起又落下，掀起又落下。大臣们和年轻的王晟逻皮感觉到了这秋风呼啸而来中的一种不祥的预感。他们簇拥到了先王细奴逻身边。此刻，更疯狂的风啸声扑面而来，吹落了细奴逻身上的那件神鸟披风。

　　此刻，从京城归来的逻晟王骑马已穿过了巍宝山的庙宇和丛林，时空和视野深处已被瑟瑟作响的晚秋所覆盖。纷扬中的落叶在弥荡中从天空旋转而下。逻晟王的目光深沉，他不时地加快速度往前奔驱而去。林中行走的黑麋鹿们抬起头来目送他策马而去的背影。在奔驱的速度中，他穿过了溪涧、沟壑，他穿过了茫无边际的晚秋中的图像，终于抵达了蒙舍王城府的台阶。那些灰色的台阶向高处纵深出去，通向了南诏先王建造的第一座宫殿。细奴逻在见到了逻晟王以后就永远地闭上了双眼。

　　蒙舍王城中沉浸在一片巨大的悲痛之中。这是蒙舍城外的一片山冈，那些呼啸了整个秋季的秋瑟声声，突然间消失了。整个巍宝山显得如此的肃穆而平静。祭司们站在山冈诵经或默念着祷词，乐师们也来了，他们悲伤地怀抱着一千多年前南诏国的古乐器，并用乐器演奏着哀乐。蒙舍城的所有大臣们站在山冈。逻晟王也来了，他刚刚继位，悲痛欲绝的脸上充满着坚毅。晟逻皮来了，他克制着父王离世的悲伤，站在兄长逻晟王的身边。

　　细奴逻披着那件神鸟披风，躺在被金色秋阳所环绕的松枝间。他双眸紧闭，仿佛已开始进入漫长的梦乡。就在仪式开始的中端，天空中突然回荡着一种神秘的旋律，众人仰起头来，空中又出现了那只金色的神鸟，只见那神鸟用巨大的双翼扑动着一束又一束金色的光芒。仿佛有天籁般的歌声涌向了众人的耳朵：

　　　　我是神派遣到你身边的一只神鸟

　　　　我看见了你的累，看见了你王宫中的轮回

　　是时候了，今天的我要轻盈地飞翔
　　带着你和三公主飞往蔚蓝云端

　　三公主来了，她依然像仙女一样美丽
　　她要陪着你生，陪着你死
　　她要陪着你狩猎，陪着你垦荒
　　她要陪着你练武，陪着你去云端生活

　　我是神派遣到你身边的一只神鸟
　　我看见了你的逝梦，看见了世间的轮回
　　是时候了，今天的我要轻盈地飞翔
　　带着你和三公主飞往蔚蓝云端

　　在萦绕不息的一束束光泽之上，神鸟的一双翅膀牵引着细奴逻飞了起来：前南诏先王细奴逻依然身披那件神鸟披风。在他右侧是三公主，她像仙女般飞了起来。细奴逻伸出手牵住了三公主的手，两人的目光深情地对视着。神鸟引领着他们向蔚蓝云穿飞去，细奴逻和三公主手自始至终没有分开，两人的身体穿越了云层，继续向上飞行着。在天空下，众人仰头望着神鸟引领细奴逻王和三公主消失的方向，天空一片明亮。

　　在云层弥漫的山冈上，再一次出现了巍宝山的王城，出现了逐次向上的台阶。那些台阶仿佛云梯正步向云端深处。在一千多年前的历史图像中闪现出了年轻的逻晟王骑着一匹黑骏马正在巡视着农业的图像。在他身后是更年轻的晟逻皮王和前南诏国的大臣们，他们正骑着一匹匹纯黑马，他们穿过了巍宝山的绿色屏障，抵达了苍山脚下的洱海边。

第二章　火宴松明楼时期的洱海

唐开元十六年（728年），在那个明媚的时刻，南诏国最伟大的君王之一皮逻阁继位。从那一刻开始，洱海边就意味着要矗立起一座新南诏国时代的官殿，因为又一个新的王已经开始骑马巡视着美丽的洱海。于是，火宴松明楼时期的洱海地区出现了柏洁夫人的传说，同时，在今天的大理古城往南七公里处，筑起了洱海边的第一座官殿太和城。自此以后，皮逻阁依傍着洱海而统一了六诏，从而开始了南诏国时期最为隆重而庄严的迁都仪式。那支从巍山王城迁移而来的队伍，来到了洱海边，"云南王"皮逻阁站在洱海边，毋庸置疑，洱海是皮逻阁拓展疆土的根茎。

1. 洱海迎候着皮逻阁的到来

洱海必然要迎候着皮逻阁的到来。它缓慢或迅疾的水波浪一次次地撞击着堤岸，在人类的历史未创世以前，自然就已经存在了。简言之，在未有南诏国的历史之前，洱海就迎候着一支又一支土著部落们的降临。现在，在时光的幕布上，南诏国的第四代王皮逻阁的面孔越来越清晰。皮逻阁在第三代王晟逻皮之后，依然出现在巍宝山的幽幽丛林深处。皮逻阁曾经一次又一次穿过巍宝山，驱马来到洱海边，从小到大，皮逻阁最沉迷之事就是练就一个王者的理想和抱负。当他独自一人悄然地穿过洱海流域的海岸线时，他看到了这样的情景：第一是农业，无论

在现在和遥远的南诏国时代，农业意味着人类生存必备的物质资源，失去农业，就失去了复述人类史的渊源。当皮逻阁独自巡视着农业时，他眺望到了洱海以上的土地，从东汉以来，这些土地吸引过来了许多部落群体，他们绕着洱海幽转。水，生命之源泉吸引着人们的眼帘，在不同年代的眼帘之下，产生了芳菲四泽的农业生活。毋庸置疑，土地所产生的不仅仅是粮食的芳菲，也造化了果木和花草的世界。洱海沿岸的洱海蛮从东汉以来就盘踞在苍山的坡地上，很显然，他们是最早将洱海揽于怀抱的部落民族。他们也是最早与洱海亲密接触的先民们。他们并不惊扰洱海，而是寻找到了苍山之麓的台地，并在那里筑居。考古学家在若干世纪以后，曾经在这些台阶的深处发现了新石器时代末期至青铜时代的石器、陶器残片，还有铜矿石、铜渣等遗物。在很长一段时间里，这里的台地出现过令世界的探索和研究的触须震惊的遗物，在遗物中脱颖而出了南诏时期的砖瓦残片。而在南诏以前，皮逻阁所独自秘密巡视时

大理的南城门（20世纪40年代）

的洱海流域已经居住着许多部落，他们在此生息、繁衍，耕地，让炊烟萦绕着苍山，使其蔚蓝之洱海显露了一千多年以前的沉静。

皮逻阁沿洱海流域看到的坝子则是被乱石和荒草所攀延出去的荒地。皮逻阁的目光仿佛被这幅荒凉的图像所羁绊着，少许的忧郁使他跨上了马背，在经历了又一圈驱马奔跑以后，他发现了从苍山脊背上不断奔流而下的泥石沙所形成的十八溪——曾经在漫长的时光篇章中，不断地将泥石沙，用疯狂的速度朝着洱海以上的坝子奔涌而去。就这样，皮逻阁从这些荒凉而茫茫无涯的坝子看到了未来的什么图像？在这些充满幻想的图像中隐现出了未来洱海流域的农田、水利、耕植、农作物品类，还有畜牧、狩猎与渔业生活，还有青铜器铸造之美、铁器制作技术、金银器的明亮生产手坊。就这样，改变历史的皮逻阁驱马回到了巍宝山，一个伟大的梦想开始了。

2. 在洱海源头的西湖边

一个伟大的梦想之书必须从第一个梦开始复述。在南诏国漫长的历史长梦中，皮逻阁显然是一个不凡的造梦者。他开始以他造梦的手翻开了第一页，这是一个现实的时刻。所有不朽而不凡的造梦者都是现实的勇士和英雄。现在，我们在皮逻阁拂开的第一个梦想中看到了六诏，南诏是六诏之一。皮逻阁造梦书中的第一个梦是统一六诏。于是，唐开元十六年（728 年），一场众所周知的火宴在松明楼中举行。设宴者是南诏诏主皮逻阁，赴宴者是其五诏诏主。皮逻阁为了造梦，必须用野心和阴谋为其五诏设宴，这是一个布局精密的宴堂，设在幽秘的松明楼上。五诏主赴宴来了，那个月黑风高的夜晚为皮逻阁和五诏升起了造梦的背景。赴约者以不同的目的和速度前来赴约。其五诏主在那个夜晚必死于松明楼的火焰之中，皮逻阁就这样用火焰灭寂了其五诏。

柏洁夫人出现了。在今天的洱海流域仍然流传着关于柏洁夫人的许多传奇故事。柏洁夫人是其六诏之一邓赕诏主的夫人，她拥有智慧和

美丽的容貌。在邓赕赴宴之前，柏洁夫人似乎已经预测了其中的不测和灾难，她试图阻止其诏主前去赴宴。然而，因为是皮逻阁召集其五诏商祖活动事宜，邓赕诏主执意要去赴宴。柏洁夫人无奈只好摘下手中的银镯，亲手戴在了诏主的手上，并安慰自己说那只祖传的银镯会帮助诏主避开灾祸。然而，从滚滚扑面而来的浓烈火焰中，柏洁夫人已经感觉到了大难当头，她一刻也不敢再耽搁，赶到了松明楼下，只看见松明楼已变成了一堆灰烬。她从余烬中找到了那只银镯，悲愤的双眼投向了皮逻阁，那一时刻，她是皮逻阁灭五诏主的见证人和申诉者。

皮逻阁望着柏洁夫人悲郁而美丽的眼睛，心里升起了一种与松明楼的余烬迥然不同的爱意，随同这爱意上升，一种强烈的愿望产生了：那就是娶柏洁夫人为妃。就这样，他的心灵突然在刹那间变得柔软，为了柏洁夫人，他答应了柏洁夫人的一切条件。之后，皮逻阁作为灭五诏的杀戮者为柏洁夫人的丈夫邓赕诏穿上了白色的孝衣；之后，皮逻阁又为其五诏设置了灵堂，超度了其诏主的灵魂；之后，皮逻阁又亲自将邓赕主的灵柩送回了故土安葬；之后，是皮逻阁最愿意做的一件事，他乘着富丽堂皇的帆船从洱海出发前去要柏洁夫人为妃。

皮逻阁面对美丽的柏洁夫人时，表现出了一个君王最美好的人性。当他乘着花船渡过茫茫洱海的波浪，前去迎接柏洁夫人的那一天，是皮逻阁最快乐的一天，也是皮逻阁最失败的时刻。当花船抵达后，柏洁夫人来到了船上，而当花船行驶到了洱海的发源地洱源西湖的中央，柏洁夫人抬头看了皮逻阁一眼，在那短促的一瞥中，充满了柏洁夫人的贞烈、仇恨和未尽的申诉。柏洁夫人突然跨过了花船摇晃中的屏风，跳进了西湖。皮逻阁凝视着柏洁夫人投海的地方，那是西湖中水域最深的地方。一个不凡的君主就这样看到了用西湖汇成的柏洁夫人的眼泪，看到了数不尽的波涛汹涌。

柏洁夫人到哪里去了，这一直是洱海流域传奇中深究不已的话题。为了寻找无数世纪以来柏洁夫人的灵魂所游荡之地，在每一年，白族人都要在洱海边升起一束束灿烂的火把，照亮美丽的柏洁夫人回

家的路线。

3. 曾被几代南诏王凝视的洱海

　　皮逻阁灭寂了五诏之后，将深邃的目光坚定地投向了洱海。自细奴逻以后的洱海，曾被几代南诏王所凝视，现在，皮逻阁的剑下划出了洱海边升起的一座崭新的宫殿。造城的蓝图起初铺展在皮逻阁的剑下，那枚剑从南诏先王们手上已经在皮逻阁手上挥舞了多年。人类历史是用刃剑开拓的历史，每次剑的神秘出鞘，都会在分秒间改变世界的历史。当皮逻阁的剑下出现了那座王城时，演变历史的时间已经逼近了洱海。现在，让我们随同皮逻阁前往洱海，去看看那些鱼在怎样游戏水底世界。鱼，是洱海中最强大的精灵们，它们像人一样繁衍，但繁衍的速度比人更快。

　　当皮逻阁出现在洱海，鱼群涌动的场景再一次使皮逻阁征服的理想加剧。鱼是喜悦的，看见鱼群戏娱者当然也是喜悦的。在皮逻阁之前，几代南诏国的君王们已经为他铺平了通向洱海的道路，南诏与唐朝的友好关系使南诏王皮逻阁有充分的理由拓展它的区域，在灭了五诏以后，各路神仙都在牵引着皮逻阁的目光。此刻，斑斓无比的洱海水世界将皮逻阁的目光引向了今天的大理七里桥镇太和村，它北距大理古城约8公里，南距下关约5公里。而在若干世纪以前引领皮逻阁君临太和城遗址的当然是洱海的碧浪，当万顷碧浪将皮逻阁的目光顺从风啸引向今天太和城的遗址时，继细奴逻之后又一场筑城的理想和现实相遇在一起了。

　　建造牢固而稳定的城池的第一要素当然是风水。从皮逻阁出现以后，洱海地区的风水师们像幽灵一样也紧随而来，之后是工匠们带着那一时期铁铸的工具们来了。其实，在风水师们出现之前，皮逻阁已经看见了从唐玄宗开元二十六年（738年）至代宗大历十四年（779年）的城宇的未来前景。作为南诏国时代最有穿透力的王主，面对一块地貌时已经看到了太和城的灵魂所绵延的生死之谜，看到了它延续了四十多年

的王城史纪年。

之后，太和城在唐玄宗开元二十六年（738 年）的时候冉冉升起在洱海以上的区域。于是，迁城的时刻来临，这当然是皮逻阁时代最动人的历史篇章中的一个时刻。皮逻阁带着从巍山王城迁徙出的南诏王室们，带着七世纪前征服世界的理想走出了巍宝山的屏幕，就看见了洱海。跃迁而来的洱海啊，又晶莹，又蔚蓝——像一幅丝锦画卷，历现出了皮逻阁王征服云南的漫漫长卷。洱海用它的尺度也在丈量着皮逻阁迁徙而来的马蹄声，只见那匹黑马纵身一跃：太和城的城门打开了。

4. 当皮逻阁从洱海边出发

洱海和苍山造就了皮逻阁时代太和城的风水圣地。太和城呈现出了皮逻阁理想抱负的摇篮，诸神们游走的洱海，在这一时刻被皮逻阁揽于怀抱。突然，皮逻阁的剑指向了被洱海拓展出去的伟大地域。此刻，世界历史也同样被征服者们驰骋着。当一个王朝以洱海边的太和城向外伸展出去时，新的梦触须已经在皮逻阁的宝剑下舞动出去。从洱海拓展出去的水路很快就已经与另一城池的水路汇合在一起，当滇池出现在皮逻阁眼前时，他那宽阔的前额和眼帘迅速湿透了。他翻身下马，缓慢向滇池走去。他的眼里不知道是溢满的泪水多，还是渐次向他涌来的波浪多。

成群的鸥鸟出现在他炽热的眼前，以自由而喜悦的形姿飞翔着。那个秋天，皮逻阁经常驱马沿滇池岸行走，洱海和滇池隔着地理中众多的高山、盆地和丘陵。尽管如此，在这两个不同尺度、经纬度的高原湖泊中，却会翻滚出同样的波浪，正是那些波浪扑面而来时撞击着的胸膛，从而创造了一个君王的野心。这一年的秋色弥漫中除了孕育皮逻阁君王统一云南的漫卷之外，同时也缔结出了另一画卷：缔造出另一座滇池边的城池。这后一个梦想延续到了阁罗凤时代。唐代宗大历元年（766 年），南诏德化碑立于国都太和城郊，碑文中展现出了阁罗凤来

到昆川后的足迹。阁罗凤是继皮逻阁之后，南诏国历史上又一位杰出的王，他像他的父亲一样来到了滇池边缘，看到了宏大而壮美的水陆两路所编织的清冽如镜的屏障——这一屏障使一个君主看到了山河的辽阔深远，以及被这屏障所筑起的天然地理文化之城的核心。就这样，一座城就要诞生了。从皮逻阁到阁罗凤巡视昆川（滇池）的那一天开始，他们的袍衣和马下足履已经被滇池水浪所溅湿。于是，一场史学中的造城史迹开始了。由此，我们今天看到的拓东城源自南诏王从皮逻阁到阁罗凤巡视滇池所产生的一场造城梦想。美梦终于践行了，它其中的每一个布局，它缜密的造城史迹影响了一座城的未来。简言之，一座拓东城延续出了南诏国时代的建筑和城垒美学和商业和政治风貌，这些东西后来都已经通过拓东城完美地体现出来。

　　皮逻阁统一云南的马蹄声不断地从洱海流域出发。在不长的时间里，皮逻阁的宝剑迎着云南疆域经历了峡谷、丛林、盆地，尔后再深入到一个部落到另一个部落之间。生命的历程一次又一次的探险，从而使皮逻阁获得了云南王的美誉，神引领着他的足迹，使他最终在生命的尽头完成了统一云南的光荣传说。

　　在那个寒气凛冽的残冬，皮逻阁驱马回到了洱海。回到了他筑起的太和城宫殿时已经是一个暮色垂临的时刻，他刚下马就被疲惫、厌倦所驱逐着。孤寂突如其来，这是所有君主必经的一个时刻，尽管他已经完成了他生命中的造城和统一云南的理想，然而，孤寂还是像漫天飞舞的秋之叶飘满了他的视野。何谓君主之孤寂，那是凡人无法理喻的世界，也是凡俗者们无法进入的境遇。皮逻阁累了，在他执政了二十二年以后，在他五十二岁那年，正当他美好的年华，他在沿洱海朝前走时，一朵浪花奔涌上岸。于是，皮逻阁走了。

　　洱海在这个特定的历史时期，曾伴随着皮逻阁君王的生，同时也伴随着这个杰出君王的死。洱海并不气馁，它依然用水的循环将一轮回推上岸。

第三章　阁罗凤、天宝战争、西洱河边鬼魁录

阁罗凤出现在南诏历史的图像中时很年轻，他给南诏国历史和洱海带来了著名的天宝战争。随同阁罗凤君主的剑在帐幔中舞动，天宝十年（751年），苍洱战事再一次爆发。滚滚而来的20万唐朝大军从中原来到了洱海边。就这样，南诏国时代最为悲壮的天宝战争在苍山脚下、洱海边开始并以唐军覆灭而结束，唐朝大将军死于洱海。而今天的我们从前南诏王阁罗凤一阵长剑的舞动中，依然能听到他的感慨声声："生虽祸之始，死乃怨之终。"西洱河边回荡着战死的20万唐军的鬼魂嘶叫声，鬼魂们在很长的历史和时间中依然在洱海边游荡不息，似乎想寻找战死的大将军李宓。洱海地区仁慈的民众以此修建了"将军庙"。

1. 洱海，阁罗凤的造音器

750年，皮逻阁仙逝。他的生轰轰烈烈，而他的死却是那样静寂。

阁罗凤来了，他是如此的年轻，眉宇间闪烁着锐气。他虽然只是皮逻阁的养子，却已经跟随父王踏遍了整个云南疆域。理所当然，他应该继承王位。这一年，洱海的农事、水利渠道在轮回中变革着。随同太和城的风生水起，苍山脚下已经开始缭绕着炊烟。阁罗凤像父王一样喜

欢凭眺洱海，喜欢站在水边被水浪浸润着目光，只有在这样的时刻，他会寻找到洱海赐予他的梦想和思想。传说中的阁罗凤还喜欢裸泳在洱海的水平浪中，那时候，侍卫们守候在海滩上，眼望着他们年轻君王的身体越游越远，然而，他们却不敢越过君王给他们画下的警戒线。当他们感到心惊肉跳时，阁罗凤从水中上岸了，身体仿佛像古铜色，挂着水的波浪。

在阁罗凤所执政的背景里，南诏国不再囿于细奴逻先王时期的巍山蒙舍王城，自皮逻阁将王城迁到太和城之后，全世界的目光都在第一眼中看见了波光灿烂的洱海，在第二眼看到了西南边陲神秘的太和城的宫殿。尽管如此，被皮逻阁所统一后的云南疆域对于远在中原的唐王朝来说，依然是不可理喻的一片彩云之南的传说。唐王朝的目光力图穿越万千屏障，看到云南疆域的辽阔幽秘，然而，那些用炽热、光线、万物胸襟所编织的屏障是无法穿越的。唐王朝的目光竭尽全力地想搜寻到洱海区域的政治中心、太和王宫中的历史进展，然而，那些江河地理的峡谷和高山将这个地域藏在了洱海的门户，对此，唐王朝越来越感觉到了一种无奈。正是在这种背景之下，因为阁罗凤的一次出发必将带来历史上最著名而悲壮的天宝战争。

战争是世界历史中充满血腥的事件，通过战争历史被扭转了。天宝九年（750年）的洱海显得无比的平静，自皮逻阁君王去世以后，太和城扩展了通向云南疆域之路，阁罗凤继续着皮逻阁君王的王者风范，除了在昆川筑起了不朽的拓东城之外，同时也在洱海的太和城加固军事阵地。千年以后的太和城遗址虽然只剩下了荒凉的平地，却留下了让一代又一代考古学家们探索的渊源。从考古学家那里，我们看到了太和城出土的瓦当，这些金色的瓦当仍在保留着南诏国时代的神秘符号。阁罗凤继位以后的扩城意味着这位年轻的君主已经看到了未来的战乱。随同南诏与唐王朝关系的日渐恶化，扩城最为重要的是加固城墙并将这些黑色的城墙深入到太和城的城南和城北的东段：将城墙连接起苍山冲积扇的坡地。太和城出现在阁罗凤时代的画卷中，那

是一幅洱海西岸的图卷。它的出现形成了一个最为重要的城垒，站在这幅图卷下面，我们看到了太和城的西部沿着漫天的彩云在朝前飘动，它的飘力犹如阁罗凤时代的呼啸声，穿越苍山的一路云层，抵达了苍山峰巅。此刻我们尽可能地可以自由想象阁罗凤君主站在这峰顶上凭眺远望时的胸怀。雪风吹拂着阁罗凤的脸，作者的我自己一直想触摸到这张脸，隔着时间我不知道是否已经爱上过这张隔世的面孔，每次我抵达洱海时，仿佛都在寻找着阁罗凤的时代。每次写到这个名字时，我似乎都能感受到他在前世曾与我在洱海边的一次相遇。太和城的另一边即为苍山冲积扇地带，这是一片被历史所沉积下来的沟壑；在东面则依傍着波涛汹涌的洱海。噢，洱海，这是阁罗凤时代的造音器，也是永恒的圣水之地。之后，在北部又筑起了羊苴咩城、大厘城、龙口城等南诏国最重要的防卫屏幕。

2. 当蓝色的水屏风闪开以后

屏风又缓缓拉开了，这是用南诏国时期的洱海所筑起的屏风。蓝色的水屏风闪开以后，出现了唐王朝这一时期的背景，不朽的杨贵妃在将她的美色献给唐朝皇帝时，同时也将她的家族带到了京城。裙带关系左右着这一时期的唐王朝，杨贵妃的哥哥杨国忠正是借助于她与唐玄宗的关系，游走于唐王朝的政治权力中央，杨国忠看到了西南边陲的洱海，同时也想让南诏国归顺于他的权力之中。所以，鲜于仲通就这样作为杨国忠的心腹，历任剑南节度使，以此逐渐地控制南诏国。与此同时，云南驻守在姚安的太守张虔陀等人也在窥测并干涉南诏国的事宜。当阁罗凤带着美丽的妻小出现在太守张虔陀面前时，张虔陀竟然当着阁罗凤的面想侮辱阁罗凤的女人，就这样，被激怒了的阁罗凤派遣自己的密使千里迢迢来到了长安城——以此借助于唐王朝的力量，整治张虔陀对南诏的不恭。然而，那个季节正是唐玄宗沉溺于淫逸生活的时刻，对于南诏来的密使，唐玄忠拉上了屏风，不搭不理，根本无力量无兴

趣面对那一时期的国政问题。就这样，被彻底激怒了的阁罗凤拉开了太和城的层层宫帘，开始出兵攻打姚州。很快，张虔陀等人就死在了阁罗凤的剑下。

唐玄宗从淫逸中醒来时，听见了这场战事的消息。阁罗凤出征的剑血同样激怒了唐王朝，唐玄宗迅速派遣剑南节度使鲜于仲通率领八万大军发起了对于南诏的战争。就这样，血腥的天宝战争开始揭开了序幕。尽管如此，作为君主的阁罗凤依然一次次派出密使，希望平息这次战乱。在这样的时刻，阁罗凤又出了太和城，驱马到了洱海边，他就像养父皮逻阁一样，每遇复杂的局面时，总会面朝平静美丽的洱海山川，他仿佛在面对一个智慧而从容的智者，那些从微波中散发的细语会抚平他内心的焦躁不安，带给他一个君主的思想和理念。这一次，他期待着风调雨顺、国泰民安。他希望刚刚统一的山川地理获得调理梦乡的时序，并希望洱海流域的百姓获得安宁祥和的世俗生活。

他派遣的密使这次会见了鲜于仲通，并申述了"姚州之役"的全过程，控告了张虔陀在姚州的一系列罪过。密使代表南诏向唐王朝表达了请罪请和的愿望。然而，鲜于仲通彻底拒绝了南诏的美好真诚求和之愿，那位有杨国忠作为靠山的鲜于仲通似乎已经有好长时间没打仗了，这位渴望战事的将军骄傲地拒绝了南诏的求和，在一个秘密的夜晚，带领他的军队很快就占领了白崖。

白崖城，在历史上均为阁罗凤时代所筑。我们可以回到旧城，在位于弥渡县红岩乡红岩街北新发村后铺山，那里仍有隐现出的如《蛮书》中的面貌："白崖城在勃弄川。依山为城，高十丈，四面皆引水环流，惟开南、城门。南隅是旧城，周回二里。东北隅新城，大历七年阁罗凤新筑也，周回四里。城北门外有慈竹聚，大如人胫，高百尺余。城内有阁罗凤所造大厅，修廊曲庑，厅后院橙积青翠，俯临北塘。旧城内有池方三百余步，池中有楼舍，云贮甲丈。川东西二十余里，南北余里。清平官已下官给分田悉在，南诏亲属亦住在此城旁。"历史中的勃

弄川均为今天的弥渡盆地。鲜于仲通进攻白崖。白崖呈现出雪一样的净白色，故名白崖。面对入侵的唐朝，阁罗凤曾显得异常平静，其理念犹如白崖之色泽。他又一次派遣密使会见了鲜于仲通，诚挚地期待着求和。然而，鲜于仲通站在白崖上傲慢无理地再一次拒绝了求和的愿望，并扣压了南诏的密使。守候在白崖的唐朝的八万军队的呼啸声已经呼啸到了洱海边。

3. 洱海流域的血腥战役

洱海将面临用它蔚蓝的怀抱接受一场血腥战役的历史。水依然是那么蓝，阁罗凤穿上盔甲的那一刻并不想让美丽的洱海呼吸到血腥味。阁罗凤在穿上盔甲以后再一次面对着洱海，他的平静消失了，取而代之的是挥舞起剑锋上的锋刃。一个君王的决定已降临，他已经决定用刀剑解决他与唐王朝的矛盾。此刻，鲜于仲通的军队已经进入了苍山的雪峰，他们想就此从苍山脚下摧毁太和城。此刻，阁罗凤的剑指向空中时不再期待着求和，阁罗凤的目光转而开始面对吐蕃。就这样，吐蕃的军队快疾地奔向了洱海边。

南诏和吐蕃的联盟很快就摧毁了鲜于仲通八万大军的进攻。他们不得不撤退出苍山。这并不意味着战争结束了，反之，天宝战争将在这次撤退中铺天盖地地卷来。

阁罗凤的剑画出了洱海边的暮色，那是智慧的阁罗凤王寻找着战略家的思想的又一个暮色熔金的时刻。直到今天，我们仍然能够感受到洱海边阁罗凤的剑影、剑鞘、剑术、剑锋，它们跟随着阁罗凤出入着云南的山川，今天的我们也同样能感受到那场天宝战争滞留在那剑刃上的血腥味。直到今天，我们也依然能感受到洱海边充满着阁罗凤思想的足履，在那一块又一块水边的岩石上甚至还残留着阁罗凤披风扇起的味道。

不管怎么样，唐朝的二十万大军必将越过茫茫中原，在唐代伟大

　　诗人杜甫的哀歌中逼近苍洱之海。这是杜甫的《兵车行》："车辚辚，马萧萧，行人弓箭各在腰，爷娘妻子走相送，尘埃不见咸阳桥……信知生男恶，反是生女好。生女犹得嫁比邻，生男埋没随百草。"天宝十年（751年），滚滚而来的唐朝大军带着唐玄宗的指令，由前云南督兼侍御史的李宓为大将军——进入了云南区域。李宓率战卒10万，负责粮草辎重运送的兵士10万，共计20万。上次战役已经耗尽了杨国忠军队的元气，再加上云南密林中纵横不已的瘴气、蛮荒边疆的种种传说已经使许多兵士逃逸出去。此次大军大都是从中原一带招用的新军，他们来了，早已守候在洱海边的阁罗凤的宝剑掠过了层层帷幕，掠过了六月间苍山尖顶上的雾霭。

　　辽阔美丽的洱海并不知晓一场风雨中的杀戮即将开始，从洱海东岸龙尾关首关过来的唐军们已经看到了洱海，与此同时李宓大将军的帐篷已经隐现在洱海东岸的陇坪，美丽的谷地盛放着各种鲜艳的野花，浓郁的花香中飞舞着斑斓多姿的蝴蝶，这样的世界并不适宜杀戮。然而，正是残酷的战争摧毁了这些花朵的香气。

　　李宓为穿越洱海早已准备了水师和战船，他眺望着波光粼粼的洱海时，寻找着渡船的时机，而这时，阁罗凤在智慧的策略和想象中同样看到了那些战船，他派遣水手们潜上岸破坏了那些战船。这样一来，唐朝大军渡海的军事计划夭折了。尽管如此，李宓大将军扭转了局面，带着唐军还有他的五个儿子还有他的家人进入洱海北面，也就是今天的邓川。这是李宓将军的又一轮军事策略，他们想从这里攻下龙首关——以阁罗凤无法想象的巨蟒似的力量，将太和城包围在掌心中央。

　　阁罗凤不愧是杰出的政治家和军事家，他早已看见了从北面和南面扑面而来的唐朝大军们，守候在这两条道路中的南诏军队沿着阁罗凤运筹帷幄的剑锋在转动，那剑术是阁罗凤君主从内心的魔法中演奏出的旋律，随同那剑术的变幻莫测，唐朝二十万大军很快就在洱源江尾、洱海左岸、海东变成了尸体。在龙尾关、地石曲、苍山西坡到处覆盖着唐军士兵的残骸，"万人冢""千人堆"的洱海边域仿佛在哀鸣，与此同

时，我们也同样倾听到了战胜者阁罗凤君王的哀曲："生虽祸之始，死却怨之终。"

4. 从旧城到新城的路有多远

阁罗凤获胜以后，开始修筑白崖新城，从旧城到新城，在这不长的距离里，保持了阁罗凤时代的军事堡垒，不管是"旧城内有池方三百余步，池中有楼舍，云贮甲丈"，还是新城内的"修廊曲庑"和"厉后院橙枳青翠"的大理庭院的布局，都潜伏着阁罗凤历经战事之后的防御式的建筑，尽管新城已经有鸟语花香，曲径流水却掩饰不住阁罗凤内心的风暴。终于，战乱结束了，阁罗凤拉上了帷幕，他可以平静地抵御内心的忧患和战后残留在洱海边的悲郁了。

洱海流域收留着二十万唐军的灵魂，这些亡灵者们以群体的力量，个人的力量仍然在困扰着洱海。水，收留着所有亡灵的气息，他们在战后以多种方式上岸，或者从龙尾关、地石曲、苍山西坡飘逸而来，或者从洱源江尾、洱海左岸、海东等地寻找着回家的路线，更多亡灵人都在寻找着他们的将军李宓。作为这次战役的大将军李宓在哪里呢？他的旗帜本已经攻入了洱海边缘，是阁罗凤将李宓牵引进了洱海，作为南诏之王，他一定要在这里亲自战死唐朝大将军。李宓带着他的五个儿子就这样进入了洱海，阁罗凤早已等候在水的万千屏障之中。

就这样，水掀开了屏障，灿烂的洱海鱼仍然像往日般举行着每日的庆典过着凡俗的水上生活。鱼群们从不干预人类的生活，人类却要给洱海带来血腥，阁罗凤执宝剑而上时，李宓大将军带着满身的疲惫和豪情就这样战死在洱海。传说中李宓大将军是最后战死者，他胸腔中涌出的血很快就融入了洱海，而他自己似乎也选择了洱海，心甘情愿地战死在洱海中。

夜，放射出巨大而遥远的灵魂磁场，它使战死在洱海流域的唐朝亡灵者纷纷露面，那是一些年轻的亡灵者，他们厌倦战争，他们却是

战死者，在战后的很长时间里，只要夜色上升，总能在洱海边缘以上的山坡、谷地看见他们的身影，听见他们的恸哭声。有各种各样的传说散布在民间，在这些传说中诉说了人与亡灵者在夜里相遇的鬼魅故事。

　　将军庙出现以后，很快就收留了以李宓大将军为首的亡灵者们的再世魂灵。自此以后，那些亡灵者们悲郁的喊叫才慢慢地消失了。

第四章　南诏国时代最智慧君王异牟寻时期的洱海

当洱海涌动起层层波纹时，南诏国最智慧的君王异牟寻继位了。从某种意义上讲，异牟寻的时代是一个运用智慧改变王国命运的时代，这是一个与阁罗凤气质迥异的年轻帝王。前者像雷霆和风暴般可以呼啸在云南的疆域，可以用刀剑篡改他执政时期的南诏国的命运；而后者，却像洱海的微波和细浪，正在用心智孕育并扭转南诏国的历史。他不再使用前君王阁罗凤使用过的刀剑，也不想再让美丽祥和的苍山洱海边回荡着杀戮声。在这一时期，洱海录中出现了彩云下的苍山会盟。唐朝的吐蕃、南诏已经统一。之后不久，南诏国执政最长的君王异牟寻也从美丽而开阔的洱海边消失了。

1. 异牟寻

洱海，见证了天宝战争，见证了血腥、刀剑制造的杀戮之后，用很长时间使用着漫天的潮汐洗涤着那些残留于岸边的血迹和污泥，同时也在祭祀着那些亡灵者们的灵魂。之后，又用了较长的时间恢复了自己从前的姿容，找回了属于自己的灵魂。当纯净的蔚蓝回来时，异牟寻长大了，因阁罗凤长子凤迦异先亡，所以立长孙异牟寻继位。阁罗凤在自然的不可抗拒的时间中开始变老，此时此刻，他看见了洱海，看见了长

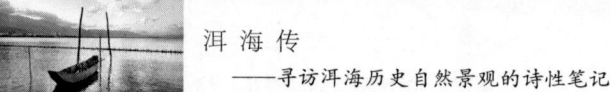

孙异牟寻环海归来时的一幕，新的继承人就在眼前，阁罗凤感觉到了欣慰。

　　死亡是必须的，一棵树是一生，一朵花是一生；一只老虎是一生，一只鹰也是一生。世间的所有轮回是靠死亡来转动的。阁罗凤面临着死亡的时刻已到，这一时期他总是在寻找着什么？直到看见了长孙异牟寻一次又一次出现在洱海边的时刻，那正是少年的异牟寻风华正茂、才情洋溢的时代，他的老师郑回总是陪伴着他。郑回是中原人，曾经是阁罗凤时代的一名战俘。之前，在唐玄宗时代时曾经是嶲州西泸（今四川西昌市南）的县令。他是一位博学多才的清平官，做了南诏国的俘虏以后，阁罗凤就让郑回留在宫内，做了他们的老师。若干年以后，在永恒的《南诏德化碑》上留下了郑回的千古文章。

　　阁罗凤自然死亡，像他的父王皮逻阁一样，他们都死于洱海边。于是，异牟寻继位，

　　异牟寻，就像他的名字一样散发出书卷味，那是破开的翠柏之味。从小就驰骋于洱海，驱马环绕洱海是他从少年开始就培植的乐趣。洱海，仿佛是年轻的异牟寻胸中弹拨的一种美妙的乐器。而在这一宏大的背景中，我们可以看到从洱海边漫溢出去的巨水浸润着向东西伸延出去的触角，它直抵贵州西部；巨水触角的北部与越南连接，往西则与吐蕃为邻；当巨水的触觉在东北方向抵达四川的西南部时，在南端却是热带的西双版纳；除此之外，巨水的触角也同时延伸到了缅甸的北部。这些拓宽的疆域使南诏国跻身于世界的前列，显示出空前的西南边陲的神秘和繁荣。

　　异牟寻的时代，首先意味着一座新的王城将出现在洱海边，它就是羊苴咩城。这座在阁罗凤时代的建筑史卷中移植到异牟寻时代的王城，在郭松年《大理行记》载："阳苴咩城，亦名紫城，方圆四五公里。即蒙氏第五主神武王阁罗凤赞普钟十三年甲辰岁所筑，时唐广德二年间也。"异牟寻在继位后不久即迁都，据《通鉴》卷二二六《唐纪》载："大历十四年异牟寻惧，苴咩城，延袤十五里，徙居之。"从迁城中，

我们看到了新王异牟寻的时代所面临的政治问题，除了前王阁罗凤时代与唐王朝的天宝战争的历史，还有与吐蕃的关系也在笼罩着异牟寻。

异牟寻从继位的那一天开始，就必须从每天环湖驰骋洱海苍水茫茫的境界中抽身而出。当西部方向驱逐而来的吐蕃的马蹄声逼近时，另一种格局已经到来。

2. 风之信使来到了洱海边

清平官郑回已经做了南诏四代人的老师，从阁罗凤到儿子凤迦异、孙子异牟寻兄妹到阁罗凤的曾孙寻逻凑。在这些消失的光阴里，郑回用汉文经史滋养着几代人的心灵世界。在异牟寻继位以后，已经年迈的清平官又回到了年轻的异牟寻身边，扶持着并帮助异牟寻治理着南诏国。每当异牟寻的目光与郑回的目光相遇时，总会寻找到一种智慧的交流。

吐蕃已经不断地以各种方式进入南诏，当吐蕃的马蹄声声不断地在洱海流域巡视时，时局已经蜕变，此时的南诏彻底拒绝着战乱，它需要在时间的绵延中获得祥和与安宁，这正是异牟寻王与郑回的目光相遇时寻找到的治国理念。正是在这一和谐理念支配下，异牟寻不再去使用阁罗凤时代使用过的刀具。面对吐蕃的不断巡视，他虽然已经看见了吐蕃的企图，却仍然用目光抚平着洱海上空的波浪。在波浪以外的遥远处，异牟寻看到了唐王朝——这个时刻，孕育着他要使用剪刀了。

随同一场又一场与吐蕃面对面的交锋，使异牟寻寻找到了维护南诏的王法，智慧的清平官郑回递给了他剪刀。他将剪断与吐蕃的关系，在洱海边、在西去的迎风飞舞的空中，出现了异牟寻时代的剪刀，它正在剪断吐蕃捆绑着南诏历史上的那一根根绳索。同时，南诏国开始秘密地借助于使者再告知唐王朝，西南洱海区域的南诏国期待着与唐王朝达成友好的关系。在无数春秋交织的季节中，异牟寻置于洱海边，他内心踌躇不前，因为他依然质疑着一个问题：唐王朝是否会接受南诏国的诚

意？是否会接受南诏的归顺？郑回再一次用他已年迈的脚步步向了异牟寻身边。郑回用智慧的语言述说着南诏国的未来，同时也在诉说着坚定的与唐王朝和好的前景，在这前景之下必须背叛与吐蕃的关系。异牟寻面对着他的老师，也面对着苍洱间南诏国以来漫长的历史，坚定地做出了自己的选择，并等待着一种美好的机缘降临。

　　吐蕃同时也在密谋着入侵南诏的计划。785 年，唐德宗秘密地传达出了"北和回纥广，南通云南，团结大食、天竺，如此，吐蕃自必内附"的声音，就在这声音下，来自中央集权的威慑力，开始削弱了吐蕃的脚步声。与此同时，一种神秘的力量开始向着洱海飘浮而来，那是风之信使，风历来是风之神赐予洱海岸的力量——一旦风之信使而来，历史将怎样变幻？水又是怎么上岸的，在南诏国的历史上，细奴逻看见的洱海之水又蔚蓝又开阔，还有太阳鸟覆盖的金色；皮逻阁来了，他用自己的剑和勇气统一了云南，从而获得了云南王的荣誉称号，他沿洱海出海，在一个还没有玻璃镜子出世的年代，洱海就是云南王皮逻阁的明镜，正是这浩荡开去的明镜，照亮了皮逻阁的脸，让他看见了自己的孤独，同时也让他看见了自己不凡的抱负；之后，是阁罗凤来了，他沿袭了皮逻阁的风格，每次揭开风暴之前——必面对洱海的明净和浩荡，必面对洱海的温柔和抒情，必面对洱海的千层幕帐万道巨浪；现在，异牟寻又来了。

3. 风之信使不再让异牟寻使用刀剑

　　风之信使不再让异牟寻使用刀剑，转眼间，他就迎来了洱海岸上的佳音；转眼间，他将颠覆南诏国的另一种历史，即彻底地解除与吐蕃的盟友关系。这是整个南诏国的需要，也是命定的历史时期，随同 785 年，当吐蕃在密谋中入侵唐朝时，一次政治格局的转换已降临。唐朝的信使大将军韦皋带来了唐朝的帛书。韦皋作为唐德宗新任命的剑南、四川节度使在今天的成都会见了异牟寻派遣来的密使，南诏密使代表异牟

寻表达了愿意归顺唐朝的愿望。尽管如此，异牟寻的心绪仍显得彷徨。韦皋大将军猜测出了异牟寻的犹豫，韦皋理解异牟寻所置身的处境，因为吐蕃已经一次又一次地逼近了南诏国的王城。吐蕃的军队巡视着洱海——仿佛已经孕育着占领洱海流域的梦想。

韦皋用了一计，因为只有使用计谋，才可能使异牟寻和他的南诏古国完全地归顺唐朝。就这样，韦皋大将军写好了一封帛书后用蜡丸封好。这只蜡丸就这样被韦皋的亲信秘密带往了金沙江。在这里，吐蕃的军队已经在金沙江的暗滩上扎起了营帐。蜡丸到达了神川都督的手中，这个时刻就像韦皋所预料中的一样：自此刻开始，吐蕃和南诏必然以相互的背叛，从而篡改他们过去结下的同盟关系。

而与此同时，段忠义将带上韦皋亲手写下的帛书抵达洱海边。段忠义曾经是阁罗凤时期的一名密使，被阁罗凤派遣到了成都。那时候，突然降临的天宝战争，使天地间的道路破碎不堪，从而使段忠义失去了归回南诏国的路线。段忠义这次带着帛书回到洱海时，正值南诏与吐蕃的现实关系置入剑锋的时刻。那些寒气凛冽的关系使异牟寻面临着王朝生涯中最艰难的时刻。

当帛书在异牟寻手中展开时，正当他又一次面朝洱海的时辰——那些经历了天宝战争的潮之波已经澄清了战乱留下的血腥味，留给他的是蔚蓝和清晰的纹理。异牟寻就是在这样的时刻开始眺望着唐王朝的方向。大将军韦皋的计谋使吐蕃神川都督前来面对异牟寻，指责异牟寻私通唐朝。与此同时，利罗式出现了，这个曾经被南诏国忽视的敌人，他的祖先曾经是施浪诏的诏主。当南诏国统一云南以后，施浪诏的子孙们逃亡到了吐蕃，在逃亡的路上，仇恨开始疯狂地生长。这个人性的恶潜伏了很长时间后，已经来到了洱海边。利罗式终于寻找到了时机——借助于吐蕃神川的武力，颠覆南诏国的历史，占据洱海边的王宫。这个阴谋已被南诏国的清平官郑回的双眼看见，当他将这个阴谋告诉给异牟寻时。之前，神川都督们已经强行带走了唐朝的奸细段忠义，并且带走了私自从金沙江撤军的将军段克附和王妹阿多诺公主和大臣多人。

在历史传说中的王妹阿多诺公主有着杰出的剑锋和动人的美貌，当她被神川都督们押往西去的路上，她同样已经滋生了杀死南诏国的敌人利罗式的秘密计谋。在拥有雪山草原的吐蕃地域，王妹阿多诺公主用她的聪明美貌和武功赢得了吐蕃普赞和他妻子的信赖后，从而获得自由的空间。当她的利剑终于从等待中亮出来时，那是一个夜晚，也正是吐蕃普赞将王妹许配给利罗式的宴席之后，那天夜里，利罗式喝醉酒后钻进了王妹的帐房，智慧勇敢的王妹用赞普赐予自己的剑杀死了利罗式，为南诏国的历史消灭了它的敌人和灾祸。之后，王妹带着她的剑回到了南诏国。

4. 南诏国的礼物来到了唐王朝

南诏国的礼物来到了唐王朝，在四只金镂盒中分别有丝绵，很显然，丝绸当时已经来到了洱海流域。其一，赠送丝绵，使得南诏国归顺唐朝的时间和心结像丝一样绵长不尽；其二，当归源于洱海流域，它寓意为归顺；其三，赤色的朱砂悄悄地弥漫着，辗转着南诏国的一片赤色之心；其四，黄金的光泽漫溢在金盒中，表述着黄金般的赤诚。当南诏国的使者们历尽千辛带着礼物来到成都时，等候了多少年的大将军韦皋怀着激动的心情迎候着他们。就这样，在韦皋的引领下，南诏的使臣们带着礼物来到京城，见到了唐德宗。唐朝皇帝领会了南诏国礼物的隐意，唐德宗当即给南诏国下诏书。这份诏书被使者们带回洱海边时，异牟寻多少年等待的那一刻已经到来。

崔佐是唐朝的密使，之前，曾在剑南节度使幕府担任官职。崔佐被韦皋将军亲自选派前往南诏，是为了加快南诏归唐的速度。多少年来，南诏是西南边疆的一个国度，它置身在洱海边缘，其面积却云集了整个云南区域，所以，多少年来，韦皋一直积极地努力着，从不放弃这个理想。多少年来，通往南诏的路不仅被高山险境江河所阻隔，同时也被多种现实斗争所阻挡。与此同时，吐蕃时时刻刻窥伺着并准备入侵这

个环海的美丽王城。

现在，他将这个重任交给了崔佐。带着诏书的崔佐，身后跟随着兵马，他肩负着唐王朝的愿望，跨越了险恶的山川终于来到了洱海会见南诏国的清平官郑回。那一年，在郑回坐落洱海边的宅院中，唐朝来的密使崔佐和郑回坐在清风明日朗照的庭院中，院中散发出山茶花、芍药、月季的雅香，他们彻夜长谈，孕育出了一幅改变历史的画卷。当这幅画卷被郑回带到异牟寻身边时，异牟寻像以往许多关键时刻一样，刚从洱海中游泳上岸，十米之外，是侍卫们。水，给予了异牟寻智性的波语，水滋泽着历代南诏王的脾性、胸怀和理想。

郑回来了，他穿过了侍卫们的岗哨，来到了异牟寻身边之前，异牟寻就已经看见了他的老师。郑回既是他的老师，也是南诏国的治国之帅。因为有了他，异牟寻从小就学习到了汉文史的传播和教育。由此，衍生出了异牟寻穿越洱海流域的想象力。一个君主如果对自己所置身的地理、民众的生活和将来的前程缺乏想象力，那么这个君主也就失去了在残酷而伟大的时间中所改造世界的能力。郑回在异牟寻幼年时就以世间万物的声音影响着这个未来南诏王的视野，异牟寻很早就深知洱海只是这个周转不息的世界的一个湖泊而已。

郑回带着越来越老迈的身躯，出现在异牟寻身边时，就已经让异牟寻感觉到了一次不同往日的会面，它即将揭开多少年来笼罩他心灵和现实的格局。郑回在沙滩上揭开了那幅画卷，尽管洱海风不时地挟带着沙粒吹拂着那幅画卷，却阻挠不了已经孕育出世的改变南诏国困境的魔法。这魔法展现了画卷中的三种现状：其一，吐蕃都督的百名使者、三百多名甲士已经降临于洱海，就让他们进入笼子，让他们圈在笼子里；其二，除了困在笼子里，也可以让一名将军将他们驱逐出去；其三，也可以利用吐蕃赞普皇帝的弟弟，他是长驻洱海的大使，他从来都反对吐蕃都督与南诏为敌，可以通过他来驱逐吐蕃的使者们离开南诏。这个孕育中的画卷以后，异牟寻会见了唐朝来的密使，于是，苍山会盟的时刻必将到来。794 年，这一年的彩云显得无限缤纷而喜悦，因为吐

蕃的使者、兵士们终于按照郑回画卷中的图像撤离了南诏的国土。

　　彩云下出现了苍山会盟的仪典：从西洱河边云集于苍山的礼文、礼乐缭绕不息。南诏和唐朝的大臣们汇集在彩云之下完成了铭刻于石头上的盟愿，自此以后，南诏将归顺于唐朝，并忠诚于唐朝。这个时刻，让唐朝的皇帝心生喜悦，于是，他让前来京城的南诏使者们都相继封了爵，然后又派遣工部侍郎袁滋，即"钦差持节"册封南诏使出使云南。

5. 袁滋将军出现于洱海边

　　贞元十年（794 年）九月，袁滋将军带着唐朝皇帝的密旨来到了云南盐津县城西南豆沙乡石门村时，天色如此灰暗，袁滋仰头看着雄峻的悬崖，俯伏在地上的大批臣民们怀着敬畏也仰起头来，看着这道巨大石门，它锁住了古代川滇要道五尺道，锁住了碧绿色的田野，同时也锁住了蔚蓝色的天空。

　　袁滋将军就在那一刹间，突然发现了石门关的无限奥秘。他扬起头来，开始在崖上题名摩崖石刻，这一年这个时刻，袁滋将军在石头上刻下了："大唐贞元十年九月二十日……赴云南册封异牟寻为南诏。"无数世纪流逝以后，这座"袁滋摩崖"依然显示出一种威严和英雄的气概，五尺道的石门关，永恒地保留下来了那些千年以前的豪情。很难想象，大将军袁滋在此铭刻文字，用了多长时间。

　　袁滋既是钦差、将军，也是诗人和书法家。在他离开了苍茫无边的滇东北以后，转眼就进入了神秘的滇西。在云南驿，一名身披红袍的女卫士率领着美如山茶花的众多女卫士迎候着唐朝千里迢迢而来的唐朝钦差。那位身披大红战袍的女卫士正是王妹阿多诺公主，她的美丽犹如山茶花中最红的一朵。

　　南诏国隆重地迎来了唐朝的队伍，来自洱海边的童男玉女们排成花冠，由各种伎乐队、芦笙队、唢呐队、铜鼓队、月琴队、白戏杂耍队组成的器乐队伍，使洱海边充盈着喜悦、节日的灿烂、和谐祥和的气

氛。羊苴咩城门口，出现了异牟寻君王，他以南诏国最为庄严而隆重的礼仪迎来了唐王朝钦差袁滋——就这样，洱海边出现了多年以来，一直期待的梦境，这是政治和人类历史学的梦境，也是洱海的奇境，它从现实中再现出了历尽沧桑和创伤的南诏国与唐朝友好相遇的历史。

唐贞元十年（794 年）十月二十七日——南诏国历史上又迎来了值得载入史册的一次册封大典仪式。御马在苍山脚下出发，环绕了灿烂的洱海，骑在马上的袁滋将军经历了与在唐玄宗时代的李宓大将军迥异的洱海边的历史。在阁罗凤时代出现在洱海流域的李宓将军其命运是带着他的五个儿子和家人，以及二十万唐军前来赴死，其终局是以所有人的死亡结束了腥风血雨的天宝战争。袁滋置身在唐德宗时代同时也是异牟寻时代的洱海边，他的命运是将南诏国的手与唐王朝中央政府的双手彼此牵在一起。所以，他成为南诏国最尊贵的客人，南诏国热烈地迎接着他。李宓和袁滋所置身的两个时代造就了他们不同的命运，李宓必赴死，在洱海边留下将军庙；袁滋必创造奇境，不仅仅在滇东北豆沙关留下袁滋摩崖，还将在苍洱间留下一场历史上空前未有的仪式。

秋天，洱海显得异常平静，犹如被秋果挂满的大地成熟而庄重。册封大典就在金秋拉开了序幕。异牟寻带领全南诏国的清平官和文武百官们出现在册封大典仪式中，袁滋将军骑着御马环游了洱海，因为洱海之美，作为诗人的袁滋眼里荡漾着一种潮汐。当他手捧唐德宗天子的册书交给异牟寻，两人的目光相遇交织着难以言喻的挚诚。异牟寻在那一年的深秋从钦差大臣手中庄严地接过了册封，那枚用纯金炼就的"贞元册南诏印"使历史显现出灿烂的前景和新的玄机。

洱海边，由乐伎们演奏出的唐朝和南诏的古乐，亲切而优美地相遇并拥抱着，自此以后意味着唐朝的吐蕃、南诏已经统一。

6. 册封大典以后

册封大典以后，异牟寻又派遣了南诏国许多有梦想的青年人奔赴

中原学习汉文化。而这个时期也是异牟寻感觉到自己变老的时期。他经历了三十多年治理南诏国的历史，现在他依然前来面对洱海，他看到了属于自己的死亡。他将影子投射在波光如镜的水面上，此时此刻——南诏国的历史又面临着强劲的轮回，在很长时间里，他似乎都在寻找着先王们的路线，沿着洱海他尽可能地摆脱开卫士的影子，是他的老师郑回从幼年起就让他看到了世间生死轮回的历史。现在，他看到了自己的死亡：随着那永久轮回中的旋律弥漫，阵阵从波涛中穿越过来的时间捆绑住了他。时间之水带来了死亡之舟，南诏国历史上执政最长的异牟寻就这样上了死亡之舟。全洱海的南诏国卫士们追到了洱海边，寻找他们的异牟寻君王，然而，面前却是苍水茫茫：异牟寻必然要顺应时间的规则，他必须告别苍山之风月，洱海之幕帐。

第五章　丰祐时期的佛塔升起在洱海边

丰祐时期即 823 年 7 月间，劝丰祐被唐王朝再次封为云南王。自此以后，一条曲径幽密的道路带来了南诏国时期最为繁荣的造塔仪式。印度佛教密宗是从西藏进入南诏国的。今天的我们难以想象，从印度到洱海的路有多遥远。基于此，在神秘的洱海边，南诏国历史上最为隆重的造塔仪式就这样展开了。丰祐时期，在洱海边，最杰出的造塔活动以崇圣寺三塔而拉开了序幕。

1. 大乘佛教密宗进入了洱海

劝丰祐将我们带进了妙香国，这是一个怎样的时代啊！在之前，异牟寻必然要离开苍山之雪月，必须要告别洱海风花之幕帐。劝丰祐又一次面对洱海，这是劝丰祐时期，他的名字、他的身体、他的心灵史迹必须彻底地悖逆开南诏国先王们的历史。现在，让我们打开通往劝丰祐时期的背景，丰祐时期，即从 823 年七月间，劝丰祐被唐王朝再次册封为云南王。

让我们回过头，历史的每次回头，只是我们对前历史充满了难以猜测的想象，回过头去可以让我们离迷雾掩映的历史更近一步，只有那样，我们才会真切地回到历史中去。劝丰祐时期经历了洱海地区伟大的造塔仪式。而在劝丰祐之前，世界历史中的宗教已经开始进入洱海流域。

　　大乘佛教密宗进入洱海，时间约在南诏盛逻皮、皮逻阁时即已开始。那些从天竺、骠国道而来的宗教使徒们的路线使我们看到了《新唐书·西域传》："天竺，汉身毒也，或曰摩伽国，或曰婆罗门。"与此同时，《旧唐书·骠国传》也说道："骠国在永昌故郡南二千里……东临真腊国，西接东天竺国，南尽溟海，北通南诏些乐城，东北距阳苴咩城六千八百里。"从种种历史记载中我们仿佛可以触抚到天竺、骠国道进入南诏的宗教使者们的足迹。天竺、吐蕃道是一条充满雪山草原的古道，它由印度东北经白雪皑皑的西藏、途经迪庆高原经金沙江环绕的丽江进入了洱海区域。另外，益州、剑南道闪烁着一条跨越四川成都经剑南过金沙江再入南诏姚州，这时再穿行祥云、弥渡便进入了洱海。几条通道使宗教使徒们沿古道传播着妙音和经香。在《云南通志》中有"蒙化府仙释"载："张彦（建）成，蒙舍川人，南诏盛乐（逻）皮遣彦成使于唐，礼待甚厚，赐以浮屠像而归，南诏事佛自兹始。"

　　佛教的进入在异牟寻时代与唐王朝的亲密接触中，使众多的南诏臣士们进入中原学习汉文化，归回南诏后，他们历尽千辛带来的经书开始在洱海边被虔诚的人诵经，洱海是否需要在历尽了南诏国的沧桑和繁荣之后，寻找到那些造塔的传人？

　　随着密宗、禅宗的传入，劝丰祐时代的南诏历史被波浪拂开了新的篇章。

2. 造塔的时间开始了

　　劝丰祐的内心是否已经被经书拂开的经语所弥漫其中，那些"色不异空，空不异色。色即是空，空即是色。受想行识亦复如是。舍利子。是诸法空相。不生不灭。不垢不净。不增不减。是故空中无色。无受想行识。无眼耳鼻舌身意。无色声香味触法。无眼界。乃至无意识界。无无明。亦无无明尽。乃至无老死。亦无老死尽。无苦集灭道。无智亦无得故……故知般若波罗蜜多……"的经文是否已从世间的苦役中

飘忽而来？

　　南诏在这些经文弥漫中显示出了从未有过的宁静。在这一时期，异牟寻时代派遣出去中原学习的人大都已经归来，他们中有琴手、诗人、史学家、农业水利专家、医生。这是一个将战乱推开的时期，所以，在纯净的空气中，劝丰祐有足够的时间倾听到诵经声，也有足够的时间将自己那宁静的心灵浸润在其中。他被那菩提的诵经声一次又一次吸引，洱海就在眼前，苍月就在头顶萦绕，赞陀崛多作为国师，也是君主的妹夫，他的存在影响了丰祐对于佛教的理解力。就这样，造塔的梦想开始了。

　　几十个世纪以后，洱海边的佛塔仍以不朽的姿态，面朝苍山洱海。崇圣寺三塔，从纯地理的位置上坐落于大理城西北约1公里，在它身后

三塔寺的三塔
云南省大理府
1922年5月4日

是伟岸动人的点苍山雪峰，东距洱海3公里。这个依山傍水的塔址的原型，经历1000多年的历史，还经历过洱海边一次强悍的地震。关于它的造塔时间，曾经引起史学界一次次纷繁不已的争议。但有点是肯定的，崇圣寺三塔，始建于南诏丰祐时期。

各种历史文献都力图回到丰祐时期的造塔史迹中去，它们寻找着三塔与时间和洱海、政治与佛教的千丝万缕的关系时大都忽略了一根主线：丰祐时期为什么出现了造塔的宗教圣景？这个问题之前，宗教已经开始影响了洱海地区的政治经济和文化。丰祐，除了从所有前南诏国先王那里沿袭南诏的历史之外，在他继位以后，仿佛总是被诸神所笼罩其中，在一次次回顾了南诏国的历史以后，他的心灵开始被菩提和心经所弥漫。他完全区别了他之前所有先王的命运，剑已被他放下。他的身体中已经在菩提之语中慢慢地摆脱了剑术，其次，他还要摆脱血腥和杀戮，摆脱杂念和羁绊，摆脱痛苦和欲望，摆脱有形或无形的困境。他把个人的这种幻境寄寓在造塔的梦想中，于是，造塔的时间开始了。

3. 三塔何日开始了造塔的时辰

三塔何日开始了造塔的时辰。每个逝去的时辰，都是我们力图回去的时间，我们领略到了各种时间的奥义，那些由遗忘和回忆所构成的正是世界历史和我们个人心灵的时间。在寻找造塔的时间中，呈现出了各种不同的时间：贞观六年（632年）尉迟敬德监造的第一种时间，开元元年（713年）恭韬、微义监造的第二种时间，长庆年间李成眉、王嵯巅督造的第三种时间，开成元年（836年）李成眉、王嵯巅督造的时间。正是这些时间构成了造塔的时间，而在这时间中，一个人的灵魂笼罩着这些神秘的时间。这个人就是劝丰祐。

劝丰祐的灵魂充满着水的色泽，这是因为水就在旁边。神就在这些灵魂中游走着。建造佛塔，基本上就是建造神宇之心，所以我们仰视

并用心注目的千寻塔一定被劝丰祐一千多年前的灵魂所仰望过。千寻塔也是崇圣寺三塔的主塔：它来自塔基的高度 13.45 米，这些高度符合南诏劝丰祐时期的塔形之尺寸，塔基中有须弥座、大理石砌的石照壁，有"永镇山川"眺望着苍山洱海、有栏杆、石台阶；塔身共十六级，每一级高度都不一样，它们以各层不一样的高度构成了佛龛、庑殿顶、莲花座等神位；塔顶有铜刹，在铜刹中镶嵌着金柱、相轮、仰莲、宝盖、宝瓶等。几十个世纪稍纵即逝，在不同的时间里史学家们相继在崇圣寺三塔中发现了佛像 64 尊。佛像中有大日如来、宝生如来、阿弥陀佛如来、不空如来等，有数量众多的金像、银像、铜像、鎏金铜像、水晶像、木雕像、石刻像、泥塑像等。除此以外，还有菩萨像 76 尊。还有明王与天王像 64 尊。各类塔模 79 件，那些以密檐式塔模、金刚式塔模、楼阁式塔模展现的世界宏大而壮观，其中，楼阁式塔模永远铭刻着一次雄伟的祭塔事件。

林立在崇圣寺三塔的法器有金刚杵 204 件，这些来自遥远古印度的兵器，来到了苍洱间的南诏国时期的圣塔，无所不在的、环行中的时间也在悄然地改变着这些充满"降魔杵"寓意的兵器，在南诏时期这些金刚已经变种护法神所持的兵器。直到今日，这些无所不能的兵器似乎仍在散发着魔力，驱逐着邪恶和灾祸。

铜铃、铜钹、金翅鸟以它们各异的宗教隐喻护佑着神圣之塔，其中，铜铃、铜钹均为密宗法器之一。铜铃中有铜身、铜舌——在风中，神秘的铜铃仿佛在摇曳中召唤着良善和虔诚之心的朝圣者。圆形的铜钹相互撞击，从劝丰祐时代开始的撞击中响彻了一千多年，仍在发出悦耳之声。金翅鸟是南诏国的圣鸟，梵名亦称迦楼罗，是八部天众之一。金翅鸟从相轮经幢中脱颖而出，它们是南诏国历史中展翅飞翔的隐喻，它栖居于芳香纯净的莲花之上，荡漾着太阳的光焰。

符咒绢本，即陀罗尼经咒，它似乎仍在咒语中环绕着千寻塔。约17 件用梵文写在绢本上的经咒藏在千寻塔刹中心柱内的木质经幢中。念珠中有水晶、玛瑙、珍珠、琥珀、琉璃、珊瑚、玉石及牙、骨、木、

蚌等，它们闪烁出圆形的、椭圆形的、多棱形的、锥形的体态，珠形的色彩充盈着黑、蓝、青、赭、绿、黄、白、褐等色调。那些神奇的念珠来自由南诏国所延伸出去的国度，它们来到了千寻塔串成环形的念珠，置藏于塔身之中。源于洱海流域的日常用品手镯、耳挖、夹须刀、铜镜、印章、铜钵、钱币、瓷器、金银饰品、丝绸等也深藏其中。

4. 永远的塔景从洱海边升起

　　劝丰祐仰起头来，他看到了什么塔景？听到了什么样的塔音？嗅到了什么味道的塔香？塔景是挺立在苍洱之间的，在塔身之下，风生水起，这是一个世界的洱海，它在一千多年前南诏王的眼前拂动时，已没有战乱，战乱已经被菩提心语所湮灭；已没有血腥，血腥已经被巨水所澄清出堤岸；已没有剑影，剑影已经被《心经》和《大悲咒》所取替；已没有杀戮，杀戮已经被伟大动人的崇圣寺三塔的塔身所覆灭。

　　在劝丰祐所垂耳倾听到的塔音中，他倾听到千万人的祷文在飘荡，他倾听到了各种咒语从塔身中向着外在世界弥漫，正是那些咒语为这个世界消灾免难，圆满一切愿望，如同劝丰祐所执迷于其中的心经："观自在菩萨。行深般若波罗蜜多时。照见五蕴皆空。空一切苦厄。舍利子。色不翼空。空不翼色。色即是空。空即是色……"

　　在劝丰祐所仰头看见的塔香中，万能的香拂过了洱海流域，正在飘浮上空。铜铃、铜钹以密宗法器中潜在的一种神秘力量相互撞击，或者与世界一切旋律相遇创造着令这个世界感动的、祥和的妙律抚慰着万灵之心。金翅鸟昂首到展翅以后，拍击着金翅，扇动着火焰构出的飞行之音。

　　所有这一切都使三塔立于苍洱的怀抱，必将使南诏国君王劝丰祐的造塔史记，藏于塔身中，犹如金刚杵、铜铃、铜钹、金翅鸟、符咒绢本、泥板及塔砖、念珠藏于塔身，借助于岁月在不断的轮回中被世界的菩萨之心所看见。

第六章　从隆舜到郑买嗣的洱海地区

很显然，郑买嗣是南诏国时期的最大阴谋家，也是南诏国建史以来最大的敌人。他的降临，使南诏国和洱海地区面临着一场浩劫和死亡。当洱海边的南诏国官殿一片混乱，在羊苴咩城、太和城、大厘城洋溢着杀戮的气息时，谋杀却早就已经开始了。毫无疑问，郑买嗣的这场阴谋注定了蒙氏家族们将从南诏国的历史上退出舞台。自此以后，他们再也不能使南诏国呈现出昔日的智慧和明媚。在洱海边，以此替代的是郑买嗣的时代。

1. 从洱海到白崖的等待

洱海在最清澈时仍带着微波，这是洱海保持的姿容中最恒长的一种形态。所有见过洱海的人都在追寻它过往今来的历史，被它始终如一的这种荣辱不惊的姿容所撼动。现在，在世隆以后，又到了其子隆舜隐现的时刻，唐僖宗乾符四年（877 年）隆舜继位。他是南诏第十二代王。

我们细数着洱海的波浪时，才发现我们根本就无力面对洱海广阔的波浪，我们徒劳地站在堤岸上，此时此刻不断地有人在陈述着那些可以诉说的或不可以诉说的历史。当年轻的十二代王隆舜继位以后，在他经历了一番沿海流域的巡视以后，又一次做出了一个重要的决定，就是寻找与唐朝结盟的道路。此时的南诏国显示出历史上从未有过的沉滞，

隆舜的继位意味着将南诏国的历史在衰竭中延续下去。就这样，有很长时间，隆舜都在民间巡视，在这个远离唐王朝中央政府的洱海区域，民间就是众生呼吸和生活的地方；民间就是洱海以上的地理，它曾经被皮逻阁统一云南的刀剑所巡视过，也曾经被阁罗凤剑下的鲜血所渗透过。后来，这些广袤的山川河流群山和沃野又被异牟寻时代的隐忍和智慧巡视着。之后，到了劝丰祐时代。

佛塔逐渐在洱海地区升起，那些妙香佛音给洱海苍山带来了祥和、祥云、祥瑞的历史。之后，又一轮时间过去了，隆舜要出场了，他的舞台显现在哪里？他要用什么样的王法管理他的国度、他的民众？他将用什么样的声音演奏属于他这一时期的旋律。

于是，旋律来了。这是水带来的旋律？水，时时刻刻都在缔造旋律，只要水旋律不断，人类就会拥有编年史的传说。水，是渊源之渊源。一滴水就能创造一种渊源，一滴水就能溶解一个世界。洱海之水，不仅造就了洱海四季如春的气候，也造就了洱海的神秘面貌，这些面貌中充斥着农业、水利的现实生活。于是，在隆舜时期，他的舞台上出现了从唐朝来的使者们。

于是，隆舜站在羊苴咩城外再一次的像他的先王们一样敞开大门，迎来了唐朝的使者。唐朝的使者们给南诏国带来了中原的植物和粮食，丝绸和布匹。隆舜从这些物品中看到了唐王朝的繁荣，就这样，隆舜产生了一种梦幻般的期待：用自己风华正茂的年华向唐王朝的公主求婚。

隆舜一旦已经置于这个梦幻般的期待中时，就已经不能自拔。他向往着唐王朝的文化和传说，由于山高路远，这种地理上的差异，使年轻而俊美的隆舜开始用他青春的锦绣年华向着他梦境中的中原出发。南诏国的清平官们替代隆舜带着洱海地区的礼物来到了中原，开始践行隆舜梦中的期待，并揭开了南诏王隆舜与唐王朝通婚的序幕。这是令隆舜那颗心彻夜激动的一个充满等待的时刻。

安化公主就这样透过中原国土看到了巨大的洱海，从某种意义上来说，安化公主的幻想在上苍的安排下已经与隆舜的幻境和期待牵手

了。作为唐僖宗的侄女她就这样带着她的花容月貌和才艺上了通往南诏国的婚车。

她给她新踏上的土地带来了代表唐王朝雄厚的嫁妆，从她踏上婚车的那一时刻开始，美丽多情的安化公主就在期待着与充满风花雪月的苍山和洱海相遇。

安化公主的嫁妆中有金银首饰，它是一个女人生活中必备的物质享受。除此之外，在漫长而悠远的距离中，安化公主给洱海地区带来了一千多年前的从中原出世的植物和种子、蚕桑秘谱、历法书、医药秘记、佛经佛像、文史典籍学等等。这些装在书中的秘方日后必须会根植于这块土地上，影响洱海地区的物事，影响被洱海所推波助澜的历史进程。此外，安化公主还带来自己的乳娘，那位心地良善的女人自始至终陪伴着安化公主。

从洱海到白崖，穿越了并不长的旅程；从洱海到白崖，被幻想和爱情所折磨的隆舜经历了漫长的等待；从洱海到白崖，南诏王披着黑袍，黑，永远是属于南诏的一种不变之泽，它凝聚着沉重的穿透力，在凛冽中具有一种光芒四射的魔力。在南诏经历了无数风花雪月的演变史以后，隆舜以另一种与唐朝结缘的方式迎来了南诏王与安化公主的婚姻庆典。

白崖口，拥满了南诏国的迎亲仪队，在经历了一个多月的艰辛跋涉以后，安化公主终于看见了英武的南诏王。南诏王在白崖从看见才貌双全的公主时，就已经感觉到一生中的幸福和南诏国的稳定已经来临。自此以后，这场婚缘延续了唐朝与南诏国的友好关系。安化公主就这样留在了洱海边，他们美好的婚姻在很长时间内曾经维系着洱海地区的安宁。安化公主还把唐朝的文化传播到了洱海地区广大的民间：植物和种子已经在南诏国的土地上开花结果；蚕桑秘谱已经蜕变为蚕茧、蚕蛹、蚕丝；历法书已经记载这个区域神秘的历法；医药秘记已经在民间开始像水一样漫溢，佛经佛像为妙香国的洱海增长了神韵弥漫，文史典籍使南诏国游历着世界的境遇传说。

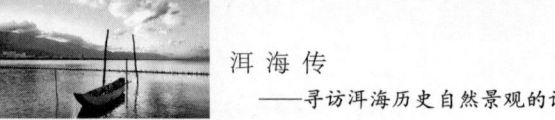

2. 郑买嗣像鬼一样降临于洱海王宫

南诏王隆舜的命运篇章中出现了郑买嗣，从那一时刻开始，隆舜的心智仿佛像水一样变浑了。这是唐僖宗乾符四年（877年），在跨越并维持了较长时间的南诏国的稳定生活以后，郑买嗣像鬼一样降临到了隆舜身边。在《康熙蒙化府志》中有这样的记载："幸臣郑买嗣，郑回之后也，得宝珠于浪穹之河头，献于南诏，诏大悦，以为清一官，谓之健士。"当我们穿巡于今天的洱海流域时，只要一提到南诏国的灭亡，那些年长的老人们仿佛就是洱海地区的历书或活标本，他们用手指的纹理细数着波浪，细数着每一个南诏王的传奇故事，细数着生死间不断轮回的诡秘。当老人们细数着南诏国亡于龙珠的终局时，他们的眼帘潮湿了。

郑买嗣作为郑回的后裔，曾有很长的时间混迹于王城外的民间。无历史记载他过去的沉浮史记，但有一点可以肯定，在很长的时间里，作为阴谋家的郑买嗣一定游历在南诏国的王城之外，仇恨和不如意的人生帮助他积蓄着阴谋和仇恨，同时也让他在苟延残喘中终于获得了一个重要的机缘，在一次意外中从水中捕捞到了一个金光灿烂的龙珠，正是这只龙珠使他跨越了通往去王城的道道卫哨，以奉献龙珠的理由见到了隆舜王。

此时此刻，对于隆舜王来说，看见龙珠无疑就已经寻找到了梦中的神境，因为不久之前他曾经在一场梦幻中搏斗挣扎了很长时间。在梦里似乎有人告诉他说，只有借助于一枚环形的龙珠的力量，他才会进入被龙神所笼罩的世界。郑买嗣奉送上来的那枚龙珠使他顿生喜悦，他很快将郑买嗣封为了清平官。尔后再赐以郑买嗣为健士、国老的称号。就这样南诏国自从龙珠出现的那一时刻，就出现了两种现实：龙珠来到了隆舜王的手上，这个手上玩物滋生了他长生不老的幻想，为了这个幻想，南诏王可以放下整个洱海流域。在这个现实基础上，隆舜王已经在不知不觉中将南诏国最为重大的事务交给郑买嗣去处理。

郑买嗣的权力越来越大，越来越疯狂的郑买嗣又开始了扩建军队，想征讨西域昆仑国。当他将军队开往西域时，郑买嗣的阴谋中已经开始了越位，他越过了隆舜王开始了篡位。这是历史上所有王朝灭亡之前的基本戏法。郑买嗣以南诏王的名义率兵十万，出使昆仑国后使昆仑国降服。之后，他从昆仑国带回了几十名美人作为色欲礼物献给了隆舜王。

3. 当一份虚拟的诏书出世

隆舜王已经失去了年轻时代迎接着安化公主进入白崖时的想象力和智慧，时间消磨着他被郑买嗣所愚弄和笼罩的生活，面对郑买嗣进一步篡权的阴谋，他已经失去了南诏王的气魄和力量。郑买嗣已经闯进了气数已尽的隆舜王的宫殿，之前，所有侍卫都已经置换过，就像在时间中，郑买嗣已经在篡权的布局中不断地置换了南诏国的血液，从先王细奴逻开始的血脉已经被他悄然地置换，南诏国已经失去了灵魂。

郑买嗣来到了隆舜王的床榻前，面对着南诏国最后的一丝游丝，这里没有细奴逻肩头栖着的金翅鸟在飞翔，没有皮逻阁用刀剑劈开的雷鸣在震撼岩石，没有阁罗凤时代腥风唤雨的杀戮改变的历史，没有异牟寻用智慧获得的金印镇守了边疆的西大门，没有劝丰祐时代的崇圣寺三塔带来的神意弥漫……在气数已尽的隆舜的床榻前只有死亡前夕的挣扎。

郑买嗣现在可以不费吹灰之力就割断南诏国仅剩的血脉了，那虚弱无力的血脉显得如此的苍凉。郑买嗣举起剑斩尽了隆舜王最后的一点力量，于是，一份虚假的诏书出世，郑买嗣，开始了弑杀，他所谋杀的第一个人就是南诏国第十二代君王隆舜。于是，舜化贞继位，南诏王隆舜在位20多年以后，死于篡权者的剑下。历史是残酷的，它跟死亡有着类似的经历：它们可以在人类的一瞬间就以改头换面或者摧眉折腰的力量，使历史灭寂在眼前。舜化贞只继位了四年时间，事实上，在他继位的短暂时间里，完全是郑买嗣在操纵了一切，南诏国的政治和经济权

力仿佛像剑锋一样被郑买嗣紧握在手中。隆舜以后是舜化贞的死，他的死将掀起整个蒙氏八百人的消亡。

死亡，才刚刚开始。被郑买嗣培养起来的一大批弑杀者已经出场，之前，他们藏在宫内宫外，怀揣着由郑买嗣亲拟的那份弑杀者名录。

4. 被剑影所笼罩的洱海

羊苴咩城、太和城、大厘城中已经布满了郑买嗣的杀手。正像先王阁罗凤命中感受到的生之秘笺："生是祸的开始，死则是怨的灭寂。"南诏国面临着的杀戮已经开始了，在洱海边临的几座王城中，剑影转动，首先死去的是舜化贞年仅八个月的儿子，郑买嗣亲手灭寂了这个并不知道生之灾祸的婴儿，他的死挑开了刀剑上的血，随同那只晃动的摇篮中的血向外弥漫、渗透，真正的弑杀开始了。

这是午夜，洱海上的浪依然向堤岸涌去，它们似乎并不知道南诏国面临着毁灭。郑买嗣出现了，历史上演了一场多么荒谬的游戏，一个带着龙珠进宫的人，一个身体中根本没有南诏国血脉的人，借助于游戏的恶契入了隆舜王那一时期人性中的弱点，从而将整个南诏国的命运重新颠覆，并将南诏国灭于弑君之后的覆亡中。

那个午夜，蒙氏八百人全都上了名单，这些由细奴逻时代就延续下来的皇亲家族，正是他们的存在延续并繁衍着南诏国的血脉，也正是这些血脉演义着历史。郑买嗣知道要覆辙历史，只有彻底斩断盘根错节的血脉，那些血脉中交织着火的源头、水的渊源。那一夜，八百多蒙氏家族的人正沉睡在梦中，头枕着苍山月洱海浪进入梦乡，是每一个蒙氏家族者每夜的世俗生活。

那一夜，在所有入梦者被杀戮的喊叫声惊醒后，蒙氏八百多人开始逃亡，追杀者们像夜里的黑蝙蝠般追杀过去。首先，弑杀者绝不会放过蒙氏家族的所有清平官和文武官员，正是他们的存在使南诏国的国政可以延续下去，弑杀他们中的每个人，就意味着使南诏国失去了剑术、

文墨——执政者的天下；其次，郑买嗣必须彻底地斩除蒙氏八百人中的女人、男人和孩子，他们是南诏国最强大的力量，因为只要有一个女人逃出去，就意味着那个女人的子宫还会繁殖生命；只要有一个男人逃出去，就意味着郑买嗣日后要增加一个复仇者；只要有一个孩子逃出去，那就意味着南诏国永不会失去它的血脉。另外，郑买嗣也不会放弃对蒙氏家族中的长老们的追杀，正是这些历经了沧海桑田的长老们，他们的胸中深藏着南诏国的国谱和文献，如果他们一旦逃亡出去，这些国谱和文献就会在民间失传。

所以，蒙氏八百人的逃亡路上到处是林立的刀剑，只有那些长出了翅膀的人才可能仿效鸟的飞翼逃出去。尽管如此，逃亡之路是如此艰难。南诏国的清平官、文武官员们，大多数都死于剑下，只有少数人因为游历尽了洱海边的山川，在血路上发现了身体中的逃亡之路；那些男人、女人孩子们中的少数人，他们凭借着神力，藏于水中波涛或暗黑的叶簇下，所以逃过了劫难；那些胸中藏有南诏国的国谱和文献的长老们，多数人都已经死于剑下，只有为数不多者，默念着万千咒语脱离开了郑买嗣的弑杀。

郑买嗣就这样彻底地覆亡了南诏国的历史，当他结束对蒙氏家族八百人的弑杀以后，几座王城都被冤魂者的喊叫所笼罩着。在很长时间里，洱海流域再也看不到南诏国时代的灿烂和繁荣。死亡是前世遗留下来的最阴郁的篇章，正是它们的存在造就了万千的幽灵符号。这个深秋，细雨淅沥不尽洱海边的遗迹，我推开了木窗，面颊再一次被细雨所濡湿。我走到了大街上，试图想寻找到那蒙氏逃亡者中的一个幽灵，猛然间，一只冰冷的手从雨中伸了过来，拉着我奔跑起来。就这样，新的历险篇章降临于海面上。

第七章　大理国从洱海边隐现而出

　　937 年，杨干贞战败，于是，大理国隐现而出。大理国先王段思平的传说渊源与洱海边的大厘城有关系，因为喜洲曾经是南诏时代的大厘城。段思平就这样带着神秘的身影出现在他的舞台上。当段思平结束了漫长的被追杀的生涯以后，再一次返回到了洱海边的村庄。就这样，他相遇到了洱海边的女人桂仙，他就是大理国的第一代皇后。在一个神秘的时刻，羊苴咩城在洱海边面对段思平突然敞开了。于是，他走进了古老的城门，走进了宫殿，抵达了大理国时代的洱海边。杨干贞失败了。在作为妙香国的大理洱海边，诞生了段思平，大理国时代开始被洱海所述说着。

1. 洱海面临着又一番轮回

　　现在，洱海面临着又一番轮回，在这样的大轮回中洱海将造就怎样的历史？曾经有许多次历史在洱海边用哀歌演奏着，这是水神的漫歌。水神一次次地巡视于水岸，水神登上岸，细数着沙漏中的云层，云的每次变奏都与云壤下的传说有关系。何谓云壤？那是天神给予人间的阶梯，水也是云壤中的阶梯之一。水神环绕着云壤之水岸，于是，水神看见了一场又一场阴郁而宏大的死亡之后，斑斓的鲜血洒满了洱海。对此，在蒙氏八百人被追杀以后，郑买嗣面临着同样的死亡。之后，南诏国灭亡，郑买嗣改国号为大长号，并宣称为"圣明文武威德桓皇帝"，

之后，就是郑买嗣的死亡。这是郑买嗣经历了弑杀蒙氏八百家族之后的一场衰竭。在他抚着洱海边的一道残阳被死神收走以后，他的儿子郑旻继位，他同样继承了父亲的衣钵，那就是以杀戮而获得快乐。不过，这种杀戮也会要他的命，很快他就死于瘟疫，死于他兵败战场以后的悲凉，之前，他与南汉的一位公主成婚，生子隆重。这意味隆重继父业以后王国将被重美色的隆重抛掷于一场荒谬的游戏之中。

随后，杨干贞出世，他就是隆重与洱海边的一渔家女一夜情孕育的私生子。杨干贞随同母亲在洱海边生活时经历了王妃的追杀，在种种传说中长大，之后，他出现在郑隆重面前。历史总是以多种意想不到的因果关系蜕变生命中的所有舞台，杨干贞借助于谋杀做了君主。这场历史极其短暂，因为一个重大的魔幻将为此改变一切，从郑买嗣以后篡位的一切历史，将等候着这场魔法的再现。一场魔法让我们由此看见了一个人，他就是大理国先王段思平。让我们回到洱海边的喜洲，沿着水路我们就会寻访到通海使节段思平的故乡。

2. 段思平的传说

喜洲在哪里？在这座临水的村庄里，我们会寻访到段思平的传说。喜洲曾经是南诏国时代的大厘城，在这座王宫中游荡着南诏王们的炙热气息。喜洲在南诏国时代就已经开始拓展它的商贸生活，它的身体向着世界打开时，洱海润色着它的财富，同时也在秘密中孕育着一个创世之王的原乡。传说中一对姓杨的喜洲人，到了年过半百仍没子女，夫妻两人仍一夜复一夜地绵延着求子之梦，并在一场梦幻牵引下在院子里栽下了一棵李子树。不多时间，李子树上便挂满了硕果。随后，女人也有了身孕。当第二年李子树再结硕果时，女人便生下了一女子，取名为白姐阿妹，倏忽间，女子长到了十八岁，她就是先王段思平的母亲。这位美貌的女子随后便与原南诏国时代的世袭清平官成婚。这场婚姻也许是神的安排，很快，这场婚姻孕育了一个不凡的子嗣，他就是段思平的

降临。

　　段思平的血脉中流动着贵族的血液，他应该是南诏国时期著名的大将军段俭魏的世孙。基于这种皇室背景中成长的段思平，从小就开始被神所笼罩着。那是一个支配着段思平言行举止的神，神意中段思平已按照神的安排完成了他少年时期的练武习文，然后又走出了洱海，在神的安排下做了通海节度使。段思平必须出现在历史的巨大舞台上，不仅仅他的六世祖曾经是前南诏贤臣，而且因为神性在召唤他。神秘而魔力四射的神性召唤着他，并再一次激荡起段思平生命中与生俱有的尊严、雄心和抱负。同时，段思平的生命之源与甘肃有关，传说中他的远祖来自西北，他们迁徙而来，驻守在洱海流域，他的曾祖母曾经是滇东彝族首领的女儿，关于这个女人的种种传说仍在滇东地区传唱着。所以，段思平生命的渊源中有着白、汉、彝三种穿越时空的家族的血脉，神看见了这一切，并将神性赐予他，他的名字除了在洱海地区流传，同时也伸远到了洱海以外的滇东、滇南地区。这些地区的民众们以神奇的力量支持着段思平，他们似乎也理喻神性的力量，因为神性是无法抵抗的。神性给予了段思平一个巨大的舞台，那就是召唤他重新回到洱海边。这种召唤首先以杨干贞的重兵十万将段思平逼到了洱海边。

　　段思平之前已经铺展开了通向滇东、滇南的锦绣前景，每到一处，百姓们都拥戴着他，年轻英俊的段思平不凡的名声早已传到了杨干贞的耳朵里，面对段思平的影响力，杨干贞从不安而感到惊恐，也许他已经感到了自己心魔中的噩梦，于是，在一个被梦魇所笼罩的日子，杨干贞从洱海边出兵十万开往滇南通海以此捉拿段思平，并围剿段思平的领地。这一切必然使历史演变出另一幕：段思平开始了从通海逃亡，而杨干贞在追。杨干贞必须灭掉段思平，因为在太长的时间里，段思平的存在和影响力已经使杨干贞预测到了洱海边王宫的晃荡莫测，他像所有阴谋家一样在篡权以后面临着维系他的王权，因此铲除他心魔中的敌人迫在眉睫，弑杀之路又开始了。

　　段思平和二弟段思胄及军师董迦逻获悉了杨干贞追杀过来的军队，

十万军队已按照杨干贞的密令从洱海边出发了，这一年注定段思平要开始逃亡的生涯，他们分两路逃亡。这是段思平政治生涯中被神性所牵引的两条图线，正是这起伏中清晰而秘密的图线由此划定出了将来的格局：段思平的二弟和军师董迦逻两人逃亡并联络滇东舅舅家的三十七部，而段思平自己则在另一条逃亡路上投奔赵善政的旧宦高公及洱海流域的各大姓。在他们身后，是杨干贞十万军队的追杀，是漫长无边的追杀之路，是万劫中的先王之路。

3. 来自洱海边的神力弥漫

在杨干贞的追杀之路上奔逃的段思平已经来到了洱海边，杨干贞当然不知道他的敌人已经潜入了羊苴咩城外。历经了从通海到达洱海的逃亡，此时此刻的段思平并没有显得慌乱不堪，一代大理国先王的脸上荡漾着年轻的梦想和勇气，他依靠着洱海边的神力来到了海面上漂泊的一架渔船上，这是一个老人护送他上的船，老人认出了段思平，因为段思平的画像已经被杨干贞的追杀者们贴满了洱海流域。当那个打鱼的老人认出段思平就是画像中的被追杀者时，他将段思平送到了一个打鱼女身边，暮色中那个叫桂仙的渔女也许就是神派遣到他身边的人，这个善良而勇敢的打鱼女很快就将段思平藏在了船舱里。那时候很多洱海渔民们就以船舱为家，他们一年四季栖身于船，在船的漂泊中以捕鱼而维系俗事生活。

那一夜，杨干贞的追杀者们就在洱海岸上，他们驻守着每个渡口，审视着每一张酷似段思平的面孔。段思平隐藏在桂仙的船舱中，在风雨漂浮中沉思着将来的政治前景。桂仙则坐在船舱外，窥视着洱海岸上追兵们的动向。那一夜，这个平凡的渔家女仿佛替代神守护着未来大理国的先王，正是她的船舱将他送上了岸，那座水岸寂静而悠远，还未被追兵们所占领。而段思平上岸以后，那个勇敢而有计谋的渔家女桂仙就摇晃着船桨从雾雨蒙蒙的水面上消失了。段思平永远记住了桂仙回眸看他

的一眼，那一瞥虽然短暂而模糊，却像苍洱间的明月永驻段思平的心底。桂仙像水面上的幻梦一般消失之快，使段思平来不及说一句感恩之语，只有洱海水面上的雾霭状笼罩着他，这些斑驳雾霭同样是神设置的层层屏障，它使追兵的追杀之路显得徒劳，从而使段思平可以在屏障中寻找他的二弟和军师的降临。

　　他们三人终于突破了追杀之路到达了巍山脚下，这样的一幕惊心动魄，历史就是为这样的幕布准备了拉开幕布的手，舞台出现在大理国先王的面前：这里曾经是南诏先王的天下，风呼啸着四野间的残露，滴滴残露在残阳之下被融入了大地沟壑。段思平就这样寻找着历史的召唤，这召唤从密林中传说，作为南诏贵族的后裔，神意将他带到了蒙舍寨，寨民们就像迎候着神一样将他在秘密中迎进寨子。蒙舍就这样成为段思平被追杀之路的一个安全的避难之地，同时，蒙舍替代已经消亡的南诏正在陈述并演变新的希望和命运。几个黑夜逝去之后，他们已经密谋出了演变历史的智慧。于是，段思平的弟弟段思胄留在了蒙舍城，这里依然以绵绵群山盘踞着南诏国先王的传说，仿佛那只太阳鸟穿越时空，用金色的翅膀拍击着永恒太阳的韵律。段思平与军师董迦罗将去联络三十七蛮部。他们将再次穿越过杨干贞所布下的追兵之网，借助于神的护佑出现在三十七蛮部的神秘山川。

4.大理国诞生于洱海之岸

　　三十七蛮部的地址隐现于杨干贞的十万追杀军队无法笼罩的地貌和山川之中。洱海再一次将段思平和他的军师推逐到了波浪之外。段思平与军师就这样在多种不同的稠密的时序中，秘密会见了三十七蛮部的首领。洱海之外，是云南境内神秘莫测的山水和屏障，沿这些层出不尽的部落与部落之间的独特的地理，水显得越来越幽秘，暗转其中的符咒衔接着段思平渴望寻找到的力量：嵩盟部以第一部落忽于眼前，从第一部落的古滇池边又可以寻找到第二部落的阳城堡部，它们周围居住着水

的民族。在沿这些不同天气和谷川寻找新的部落时，段思平他们已经慢慢地开始摆脱了追兵。此刻啊此刻，云南辽阔的部落在等候着他们的降临：转眼间，他们已经会晤了三十七部落的首领，在彩云与追杀之中，大理国先王段思平此刻已经率领着三十七部落向着波光浩荡的洱海边前行。这些部落从滇池流域出发，更多的部落距离洱海很遥远，比如，第四部落称之为矢部，地域面积跨越了云贵山川；第五部落称之为磨弥部，在今天的曲靖沾益区，大多是彝族，此部落盘踞在雄峻的高山……第十部落称之为步雄部，其区域横跨了现在的江川、河西、华宁三个地方，这是从无垠丘陵深处跃出的部落，周围有泽川萦绕，很多部落在今天的四川西昌一带。这些被段思平召唤而出的部落，已经在杨干贞的噩梦中逐渐向着洱海边的蔚蓝色移动。

杨干贞此刻在干什么？

杨干贞似乎已经预测到了什么？严格地说在他发动十万追杀军兵时，已经预测到了段思平潜在的魔力。但他没有想到，这魔力已经来到了洱海边际，当莅草在风中摇曳时，他碰倒了王宫中的一只瓷花瓶，满地的碎片让杨干贞再一次感觉到了一种不测。杨干贞踢开了那些碎片，似乎在那些碎片中闪烁着段思平的形影。

与此同时，在大理国先王的梦境中已经荡漾着无数的祥云朵朵，它们以梦的速度同样进入段思平的现实。人之所以入梦，是因为梦是形而上学的符号，它事先占卜着我们身体的前夜，任何一个人都会入梦，但并不是所有人都会诠释形而上学的梦乡。在段思平的梦乡，门被打开了，那无疑是通向羊苴咩城的大门，门，在梦境中打开了，这意味着段思平拥有了打开王城的钥匙。军师站在段思平面前诠释着这个梦时，恰好一个女子经过了他们身边，这个貌如天仙的女子启开朱砂似的嘴唇，抬起了手臂竟然描绘出了他们目前的战况，并让他们从河尾渡水，兵马绕道进入三舍邑再进入关口，只有这样可以活捉杨干贞。这个女子说完就像天仙一样从他们的眼前消失了。他们完全沉浸在这个天仙般垂临的女子所指出的策略之中，随同那些意念越来越清晰，他们又一次地感受

　　到了神意的安排。就这样，他们按照女子描绘出的战略图出发，三十七部落及各姓军队，以及赵善政旧臣高方等大军二十万兵将，从三会邑退军、从河尾渡水的战局，使他们攻破了羊苴咩城的城门。

　　就像是在现实中复述出梦中所看见的梦境：羊苴咩城的城门打开了。杨干贞垂死的面孔上飘浮出万念俱灰的一切，从那一刻，他终于放开了世间的一切谋杀、欲念。杨干贞渴望着生，段思平移开了宝剑，给予了杨干贞生的权利。让他废位为僧，免于一切罪恶。

　　937 年，段思平建立了自己的国都，依然以羊苴咩城为一国之都。在段思平政权的笼罩下，大理国的历史开始上演：段思平开始了新君主的改制。他们废除了杨干贞执政的一切苛政，减免钱粮赋税一半，是新君主在洱海地区获得声誉的制度之一。其次，他承袭着南诏国以来为民服务的善政，这个制度顺应了民心。再次，曾经跟随段思平打下江山的三十七部落依然坚守在自己的故土；曾经跟随段思平披荆斩棘的董迦罗被升为大理国最为杰出的相国，段思平的弟弟封为副相。在庆贺大理国之日，段思平还逐次地分封了各文武将士，让他们在大理国广大的土地上管理一切事务。

　　就这样，洱海边的大理国在段思平伟大的梦想中开始了。

第八章　洱海流域出现了巡视农业的段思平

　　段思平是大理国君主，他可以居千万人之上。然而，从羊苴咩城步出城官以外的道路，对于段思平来说是频繁的，尤其是当他驱马陪同皇后在城外的洱海流域巡视时，他的时代已经进入了一个以农业经济为核心的时代。他不断地出现在民间，在他所执政的有限的八年时间里，他不断地从洱海边的官殿出发，参与各种农事活动。所以，我们看到了大理国时代的洱海地区，看到了大理国历史上最为动人心弦的死亡：大理国的开国君主死于邓川的农事活动中。

1. 大理国先王的婚姻

　　大理国先王面临着寻找婚姻的伴侣。

　　这是春天，拂过洱海的春意最早降临到段思平面前，他终于治理完了大理国的一切制度。大理国来到洱海面前，经历了漫长煎熬的洱海，以从未有过的容姿开始面对新的君主。段思平开始面对洱海了，这里游荡着他儿时的梦幻，在水草中穿过洱海是他少年时期的整个梦幻和现实交叠的时态，出了喜洲坝子就能看见洱海，水揭开了世间的一切秘密，同时也在收藏着这些时间的秘密。正是水映现的未曾揭晓的一场薄雾使段思平走出了洱海，是神的安排又让他成为驻守在洱海边的君王。此刻，他在这个春风拂面的时刻秘密地出了王宫，羊苴咩城拥有各种秘密通往洱海的径道。何谓秘密？每当思虑这件事，一股清泉就涌来了，

山涧间的玲珑，那些玲珑是晶粒、晶体、晶石、晶片、晶亮的摇篮；何谓秘密？每当思虑这件事，一夜的彷徨便迎来了曙色，那些雪白的梨花已经开遍了春天的山野；何谓秘密？每当思虑这件事，灵魂就开始出窍，周游世间一切径庭、河川、丘陵、黑暗的灵魂就是秘密的代言人。

　　何谓秘密？对于段思平来说就是奔赴洱海时的那种心跳，终于，他已经从羊苴咩城的迷宫中寻找到了通往洱海最近的秘径——在他走进羊苴咩城的王宫时，一阵神奇的气息从王宫中汹涌升起，从那一时刻开始，他一颗年轻的灵魂就在寻访着南诏国先王们的步履，在很短的时间里，他除了治国，也在每一条羊苴咩城的密径中行走着，他发现了一个巨大的秘密：每一条秘径中都绘制着心形符咒，沿着这些各不相同的符咒往圆圈走，往直径走，往方块走，你就会走到一个惊叹不已的符咒面前，那就是蔚蓝，水的无限蔚蓝包含着难以描述的心魔。简言之，段思平发现了用这些秘径所铺展开的道路，其秘底直抵洱海。没有任何一条秘径是偏离和绕开洱海的，无论这些秘径怎样在壮丽的羊苴咩城宫中隐藏、重叠，最终目的就是直抵洱海。这个发现是在段思平亲自用足履秘密丈量完每一个秘径上升的。从那一刻开始，他就可以看见羊苴咩城的灵魂了。

　　段思平从一条圆形的秘径出来后，就开始像少年时候一样在洱海中游泳。当他的身体迎来了一阵波浪中碧绿的水草时，一阵从未有过的梦幻升起：他似乎已经看见了一张面孔，那就是曾经在追兵的追杀中，救过段思平的渔女桂仙的面孔。从这个意念上升以后，段思平就开始寻找着这个女人。

2. 洱海造就的大理国王后

　　桂仙在哪里？

　　这个隐现在时间中的雨幕必须被段思平的手亲自揭开。段思平终于在洱海上寻找到了渔女桂仙的渔船，但桂仙转眼间就像他们上次告别一样消失于水面上。洱海犹如一个神奇的梦幻筒，以周转不息的梦幻变

奏出各种图像。桂仙的消失令大理国先王段思平感觉到了忧伤。他只好求助于相国董迦罗，这个陪同他经历了一切沧桑满怀的相国倾听完了段思平的故事以后，陪同段思平，带着国礼来到了桂仙父亲的葬礼中。这是春天，在苍洱之间的一座小渔村，桂仙和她的妹妹正在为刚刚过世的父亲举行着凡俗而朴素的民间葬礼。

在那个春天的早晨，从羊苴咩城宫中出来的马车披载着段思平内心的哀思。一支御驾队伍正奔向那座依傍着洱海的小渔村。早晨，洱海边的早晨一片湿雾，田野上盛放着洁白的梨花。大理国的早晨属于段思平心灵中最为柔软的时光，此刻，他的心灵涌现出了渴望和期待：他是天子，也是向着一个世间平凡的女子求偶的男人。现在，他已经征服了他的国家，赢得了民意、民心，他还要去征服一个女人的心灵。很久以前与这个渔家女告别时永驻心底的那种炙热的情感现在又回来了。

他骑着大理马，身后紧随着相国董迦罗、副相段思胄，由他带来的一场庄严的仪式已经到达了他所思慕的女子和他父亲的葬礼中。桂仙出现了，这个隐于山水间的平凡而卓尔不凡的渔家女出现在段思平面前。她跪叩道："民女杨桂仙叩见陛下……"这个庄严的一刻彻底破开了遮蔽在段思平眼前的迷雾。段思平终于又见到了朝思暮想的佳人：那时候，尽管满山遍野并没有盛开着苍凉而美丽的梨花。然而，只要杨桂仙的影子一转动，段思平就已经感觉到了凄美的梨花绽放着，空气中充满了花香。从那一时刻开始，他的身体和灵魂似乎就再也无法从杨桂仙的身影中脱离出去。所以，祭奠开始以后，段思平一次一次地在相国的陪同下，出入于杨桂仙生活的小渔村，开始向桂仙求婚。那是一个有万千祥云萦绕天际的时刻，段思平带来了圣旨，只要杨桂仙同意，她将被册封为皇后。除此之外，还有信物宝刀。面对这一切，杨桂仙此刻已经不再是祭奠仪式上那一片凄美的梨花，她突然间变得一片妖艳，宛如怒放中的牡丹，她同意了段思平的求婚，同时接过了圣旨和宝刀。

3. 婚姻给洱海流域带来了稳定

　　婚姻是美好的。首先，婚姻给大理国带来了稳定。这稳定使段思平时代的洱海地域显示出了又一轮的繁荣，段思平在试图将美好婚姻带给他心灵的稳定，带到皇城以外的生活中去。他再一次秘密中出了羊苴咩城的秘径，有时候是他独自一人，有时候是相国陪伴，这一次次秘密出皇城，使他们开始面对洱海流域的农事生活，犹如婚姻瓜熟蒂落后的场景，他们从物事的繁茂中看到了大理国开国以来的无限生机。从风中荡来的盎然于眼前的斑斓会使大理国先王脱下皇服，当他以微服的方式穿行于民间时，自由便荡漾在他心底。

　　这是用心沉醉的自由，心领会并感悟到的自由是无止境的，他会发现被心智引领之路，已经开始深入到最普遍的境遇。于是，段思平开始了一个君主最为迷人的活动，从洱海穿越到村庄，再从村庄穿越到更远的一个村舍。那时候的洱海赢得了前所未有的宁静，段思平还给洱海了初始的蔚蓝。这蔚蓝随同洱海流域历史的变幻而稳步增长，这蔚蓝犹如段思平巡抚洱海以上的农事概貌时的心绪在稳步增长。西洱河依然在流动，段思平看到了洱海岸上的水穗、麦粒在拂动，所到之处都是稳定的繁殖生活在笼罩着人们的生活。

　　农民占据了洱海流域的坝子、村舍，是他们制定了农事的轮回，在四季的节奏中，段思平看到了几个农夫在撒种子。在种子落下去时，喜悦来临了，这是段思平最喜悦的时刻。无论在哪里，每每他看到田野上的任何一幅播种图时，必止步，他会屏住呼吸，倾听种粒从农夫之手穿越过渡到沃土的时刻，这个时刻让段思平的双眼明亮。农夫们遍及在苍洱之间，使得四季不断地变换颜色。在春天降临到洱海时，是段思平必巡视民间的时刻，他内心洋溢的明媚随同羊苴咩城的春色开始上升了。这时候，年轻的皇后来到了他身边。

　　君主，对于历史来说，其最大的存在意义是为了治理和统辖他的国家。亚历山大在原始的部落中寻遍到了神的足迹，同时也留下了造城

的传说。恺撒、秦始皇、武则天、毛泽东亦如此，正是这些卓越而有历史争议的统治者们延伸出了一个国家历史的传说故事。在洱海边域，段思平同样是一个无法从历史上删除的传奇。对于段思平来说，在他执政并不太长也并不太短的时间里，基本上没有战争。也许他同样是一个厌恶战争的君王，像前诏王异牟寻一样拒绝战争。

在异牟寻的时代，尽管他拒绝战争，战争依然像南诏国的瘴气一样包围着他的王宫。段思平就不一样了，在他所有执政的时间里，大理国的气候就像新婚燕尔后的心情一样静谧，风和日丽的气候笼罩着洱海。每当洱海跃入眼帘时，段思平最为心仪的巡视活动已经再一次开始。

当没有外来挑衅者的窥伺时，一个国家的物事便显现出了它最为本真的原始面貌。君主下了马，他所面对的洱海流域以历史上的杀戮和血腥换来了今天的祥和宁静，犹如它的灵魂之所洱海已经解开了胄甲。于是，那些穿扬在尘埃之上的箭镞已经开始腐烂，而那些新的箭镞尽管在宫室中秘密地静卧，却失去了穿箭而出的机会。

4. 出了羊苴咩城，出了洱海

现在，出了羊苴咩城，出了洱海，自然的概貌此时此刻就像段思平的爱情和婚姻一样脱颖而出：首先是农事活动，每经过一道沟壑，就将迎来万顷良田，同时会穿越过一道又一道水渠的灌溉，就靠近了田野上的庄稼并呼吸到了清香。现在，段思平在年轻的皇后陪同下继续策马而行，他似乎再也无法从这种笼罩他身心的农事活动中脱颖而出。于是，他靠近了农耕生活，他已经逐渐地摆脱了皇室的无常和虚无，进入了洱海流域最现实的农业生活中去。

农耕生活以昨天和现在的历史跃入眼帘：段思平走进了村庄。这是邓川境内的一片沃野，因为他对农业的挚爱，他的时代进入了一个以农业经济为核心的时代。当段思平在邓川的广袤大地上深入到农事的基本常识和物事深邃的灵魂中时，起伏的庄稼中不断地荡来了小麦的香

味、稻谷的甜美，而年轻的皇后就站在他身边。他之所以在他执政的时间里沉溺于农事的快乐中去，就是因为他的身边有皇后的影子。这是一个聪明的女人，也是一个来自大地的母亲和女人。有了这个女人相伴，段思平就可以驻足在乡野之间。在多年以后，作者的我已经触摸到了段思平脸上的喜悦，在阳光和暮色中所交织的脸，是我在穿越大理国的历史中相遇到的最为动人的脸。

　　"二月八，庄稼会"，是邓川农事的一项活动，也是段思平时代的一次农事典礼。这一刻，从四面八方涌来的农人们聚集在一起，在这一天，农人们会看到段思平时代最为先进的农具，也会看到饱满的种粒在展览中露面。段思平从那一刻就已经为他的国家全面地敞开了农业的窗口和门户，他的足迹遍及在从洱海边伸展出去的每一条道路间，他的影子飘荡在民间。只有巡视在民间时，一个君主才会体恤并感知到来自民间生活的万千庶民们的快乐和忧患。民间，是把四季之轮回转换为现实的幕幔，段思平亲手揭开了层层叠叠从洱海边穿越出去的时空，在他所执政的有限的八年时间里，农业和畜牧业空前地繁殖着大理国历史文献中的生机和传奇。

　　这一天，秋天垂临。段思平又出发了，马车沿着洱海、苍山脚下的皇家路上神秘地旋转出去。君主嘘了一口气，终于出了城池，终于从历代皇帝执政的城池中走出来了，他似乎又一次为获得这种人生的自由而心醉神迷。而当上了大理马，进入邓川的农事活动中去时，秋天，真正的秋天拂过了他面颊。

　　秋天以宁静、祥和的色泽同时给段思平的眼神带来了喜悦。他置身在秋收的农事活动中时，又一次亲手触抚到了饱满的稻粒，它们犹如金黄色的王族缨须垂落在他周围。就这样，突然间，天地一片橙黄色，段思平经历了开创大理国的苦难，以及创立之国的艰辛。然而，他的身体却无法承受生命中最为轻盈的喜悦，所以，段思平死于那一年的秋天。

第九章　大理国贡马从洱海边出发，朝着宋王朝奔驰而去

　　很难想象从洱海边苍山脚下出现的一大批贡马要被割舍开束缚住它四蹄的皇家牧场，到遥远的宋朝去。就这样，远隔着洱海的雾幔，那些激荡起西洱河水汹涌不息的旋律中，我们听到了大理国贡马奔驰的马蹄声声。就这样，大理马跟随大理国的文武大将们，肩负着王朝的使命，在那个雾露还没有融解的早晨，大理马出发了。洱海目睹了这一切，收藏了这个历史事件中的一切细节。大理马的命运不仅是贸易，也是政治的纽带。

1. 来自洱海边的畜牧业

　　洱海边的畜牧业让我们背转身或者朝前走去。无论是背转身还是朝前走——无疑是在寻找洱海流域的前牧场，也就是史前牧场的宝地。大理马，从任何一道屏障中奔腾而出，在南诏国时期，大理马已经驰骋在战争的一幕幕烟雾之中，已经产生了马蹄印的涡流，已经把战事逸闻录推前推后。所有历尽皇朝统治的南诏国的帝王们都利用了大理马的优良禀性，它们一代又一代地繁殖出了属于洱海地区的大理马，并将这种优良的禀性延续到了段思平时代。

　　南诏国时期延续下来了养马业的风尚，我们透过《蛮书·云南管

内物产》可以看到这样动人的养马业："马出越睒东南一带，冈西向，地势渐下，乍起伏如畦畛者，有泉地美草，宜马。初生如羊羔，一年后纽莎为拢头，縻系之。三年内饲以清粥汁，四五年内稍大，六七年方成就。尾高，尤善驰骤，日行数百里。本种多骢，故世称越睒骢。"养马业的革命在南诏中期如同南诏的史话朝前递增着。这是一个穿越马背上的年代，在这个时期羊苴咩城、大厘城及洱海以上的地区都在开始扩展饲养御马。马，是推进南诏国历史的另一种旋律和速度。史书中已经在越睒、藤充、申睒、滇池流域出世着上好的马。马，穿越着整个云南境内，在《蛮书·名类》中我们搜索到了："望苴子蛮，在澜沧江以西，盛逻皮所讨定也。其人勇捷，善于马上用枪，所乘马不用鞍。"这番情景衔接着另一些史上的证据，在《新唐书·南蛮传》中："乌蛮与南诏世婚姻，其种分七部落。一曰阿芋路，二曰阿猛，三曰夔山，四曰暴蛮，五曰卢鹿蛮，六曰磨弥敛，七曰勿邓。土多牛马，无布帛。"南诏时期的养马业为它疆域的进一步拓展，带来了新的视野。

　　大理马，到了段思平时代，犹如遇到了洱海地区最优良的驯马师，除此之外，它们还遇上了最鲜美和肥沃的牧场，段思平对农业和畜牧业的重视，使大理马寻找到了天堂似的大片牧场。再加上段思平注重与汉文化交流，因为他虽出生在大理喜洲，他的远祖却在甘肃地区。他推崇汉文化在洱海地区的传播，就像前南诏国的先王们一次又一次地派遣地方青年到中原和成都学习，故而南诏以来的文化留下了大量的人才。到了大理国时代，有大批优秀的畜牧师、农技师在繁衍着农业和畜牧业的伟大梦想。

2. 神奇的大理马的命运

　　洱海以上的畜牧业产业在寻找着海拔、天气和宽阔的牧场。从段思平以后，畜牧业依然以苍洱间的丘陵、山峦为基本牧场，大理马现在就像它的形态和传说一样已经被历史所瞩目，随同历史的变迁，大理马

也同时伴随着大理国的经济贸易已经驰骋到了中原地区。历史以分镜头般的跳跃跨越了巨大的洱海地区的牧场，在后来的宋朝历史上，驰骋在茫茫无边战事中的战马，大部分来自大理国。因为大理马最为优良的禀性使它们的身体具有持久的耐力，而且在多种气候变幻中它们的身体可以穿越丘陵、沙川和平原大地。

历史记载 976 年，开始在大理国时代留下了进贡大理马的史记。有下列史书记载了大理马的传说：在《宋史·大理国传》中记载："（政和六年）段和誉遣进奉使天驷爽贲李紫琮、副使垣绰李伯祥来……员马三百八十四。"在又同书《食货志》上记载说："绍兴六年，大理国献象及马五百匹……"

历史以苍洱之间的一批又一批贡马的速度，使我们回到了那一刻：首先，选择贡马是一件严肃的现实。驯马师出现在牧场，来自民间和王城的驯马师在不同的牧场汇聚相遇，只为了改变大理马的不同命运。那些在苍洱之间扎下根并继续繁殖着生命的大理马并不知道它们将被带往宋朝。

驯马师们来，兽医们来了。这些人正在精心地为大理马的命运被篡改之前，进行一系列的择马活动。驯马师在宽广的牧场上所做的第一件事，就是驯服那些孤傲的大理马，当然也要驯服那些胸藏灵魂和抱负的大理马，让它们乖顺地来到兽医的面前，因为只有大理国的兽医可以严格地体检出大理马的身体状况。

身体的健康对于大理马来说很重要，这一匹又一匹大理马的身体不仅仅代表着大理马的品质，优良的品质将体现出大理国的诚意和国风，同时也代表着大理国君主的骄傲。所以，第一是健康的品质，第二才是英勇的个性。

命运在此已被改变，那一匹匹已经被兽医们所选定的大理马将归顺于另一领域，在里面，驯马师们在赴宋朝之前必须强制性地训练着每一匹大理马的内心。简言之，训练一匹匹大理马的内心世界，犹如让每一匹大理马在出发之前感受到宋王朝的另一个国都，除了让一匹匹大理

马感受到通往宋王朝道路上的扑朔迷离之外，也要让它们做好各种心理准备，就像是一个人的旅途，已经在事前被想象过，被精密地策划过了。

3. 通过西洱河水激荡的声音

此刻，我们虽然没有听到驯马师的声音。然而，相隔久远的年代，通过西洱河水汹涌的声音，我们依然能够听到大理国最优秀的驯马师的一番苦心和希冀。驯马师似乎想扭转那一匹匹个性迥异的大理马的傲气。果然，一匹匹大理马终于在那个雾水还未溶解的早晨，一个秋水浩荡的早晨，大理马出发了。

带领大理马出发的还有一大批大理国的文武官将，他们自始至终地走在前面，他们代表着大理国的身份和贵族级别，也同时显示出他们高贵的血统。此时此刻，当大理王置于在羊苴咩城的台阶上眺望着通往宋王朝的道路时，从城门外传来了大理马的马蹄声声，洱海边拥有着如此众多的大理马，它们现在肩负着大理国的命运，这命运不仅仅是贸易，也是一种延伸出去的政治纽带。

美丽的洱海目送着这番壮景。

大理国贡马正以它们优良的禀性，扬蹄朝着遥远的宋王朝前进。在它们的旅途生活中，虽然已经设置出了种种难以预料中的迷障，然而，它们依然来到了长旅中。在路上，在充满了妖魔鬼怪和各种险恶气候的地理环境中，大理马跟随着大理国的文武大将们，同时也跟随大理国的驯马师和兽医离遥远和深不可测的宋王朝越来越近了。除了大理马还有大理刀，还有无以计数的皮胄、麝香、牛黄、披毡、犀角、鞍马等贡品，所以这一切都已经开始接近了宋王朝的土地。出了四川，就是中原，很显然，中原代表着宋朝，代表着汉文化，在宋朝的宫殿中，面临着叩见大宋皇帝。这是段思廉时代，在他继位以后，为宋朝输送了来自洱海边的贡品。段思廉似乎是一个怀旧和感恩并兼的国君，因为在大理

国历史上宋太祖曾册封高祖思平为"云南八国都王"。

宋朝皇帝开始陈述着宋太祖以来的又一种历史场景：会晤来自传说之中的南蛮之地的客人们；会晤被各种历史的烟雾所遮挡的又一代大理国文武官将们。宋朝皇帝已经传旨，在皇家牧场上试马并让贡品中的大理马、大理刀露面。从南蛮之地远足而来的客人们，并非像南蛮之地的传说那样可怕。而且，从大理国来的客人们年轻英武，面容和善，这让中原的宋朝皇帝感到惊讶。他对大理国的热情开始上升，于是，出现了宋朝的皇家马场，出现了从彩云下奔驰过来的大理马。那时候，皇帝之所以酷爱马匹，是因为酷爱一个国家的安定，当整个世界还没有发明机器轨距时，只有自然界的生物群体可以逾越距离。

4. 当大理马已经逾越了洱海

仪式在明媚的中原大地上开始举行。此刻，大理马已经逾越了洱海，穿透了宋朝的距离。大理马已经前来面见皇帝，皇帝穿着皇装，带着天子的骄傲和微笑，携带着宋朝的文武官将们出现在仪式的核心中央，出现在千万人之上。现在，仪式中的仪式，赛马开始了。赛马场宛如一道看不到边的圆球的滑动，隐藏着玄机无限，尽管如此，来自大理国的驯马师们已经唤出了大理马。大理马穿越了高山平川还不够，它今天必须被宋朝皇帝所看见。这是一种历史上的会晤，大理马出场了。

大理马以洱海苍山给予它的伟大姿容出现了，并以洱海地区特有的速度、诡秘、骄傲和独异的肢体，按照宋朝的圆形赛马场的格局，在预定的时间中奔跑着。很显然，检验大理马的准则是速度和耐力，因为，远道而来的大理马告别了洱海，前来宋朝的土地上生活，是因为宋朝的国事布局需要大理马。自此以后，它们将永远留在宋朝，甚至将为宋朝献出生命。在皇家牧场，大理马以奔跑的超前速度，以它们扬起头来的尊严赢得了宋王朝热烈的掌声。就这样，大理马在宋朝拥有了它们的位置，它给宋王朝带去了优美的速度，正是这洱海苍山给予它们的速

度，将汇集世界的一切速度，改变世界的历史。

大理刀不可能在皇家牧场上奔驰，然而，它却已经来到了宋朝皇帝的手上。大理刀隐藏在兽皮中央，起初看去宛如是在揭开一层层温柔的兽皮，再往里深入，就会触摸到层层金丝的妖娆多姿，它们正在编织并隐藏着大理刀最神秘的禀性，而一旦将刀抽出鞘子，即刻会与锃光瓦亮的刀锋相遇，这时候的你，仿佛被洱海波光涌进了胸膛。

很显然，宋朝皇帝就像大理国君主一样酷爱上了大理马和大理刀，凭着一种本能的热情和幻想，他们在大理马奔跑的速度中看到了王朝不可摧毁，在大理刀寒光四射的锋刃之上，他们获得了肉体和灵魂的一种满足：马的速度和刀的寒气弥漫，可以捍卫他们各自的王朝，这就是希望和慰藉的快乐。

从此以后，留在宋朝的大理马或大理刀，就这样再也无法回到它们的洱海流域去。它们的命运一旦被改变，就再也无力扭转。于是，它们留在了宋朝。许多年以后，大理马会继续在宋朝繁衍子孙。许多年以后，大理刀将被宋朝的战乱继续演变历史。

历史中的大理马离开洱海的时间，已在时空中变得越来越悠蓝：几百匹大理马，几千匹大理马负载着大理国的命运，必须离开故土。当它们跃上山头，回头远望洱海时，竟然是最后的告别。无人可以追溯并溯流而上，回到宋朝，回到那一匹匹大理马身边去，细诉它们个体的命运。

随同风云变幻处：铭刻在洱海浪尖上的历历往事中变幻出雷鸣风暴"有静水无波，有海滩和暗礁，有木筏和巨舟，也有岩洞和花园；有人们的奋斗冒险、贸易往来、殷勤好客，还有女子的爱恋；而最重要的是，这其中展现出了命运之神的喜怒无常——它以诸神之名凌驾于无垠碧海之上，显身于冒险旅程之中，亘古不变，历久弥新"。（埃米尔·路德维希《蓝色地中海》）

第十章　大理国皇帝在洱海边削发为僧

洱海，仿佛提炼出了世间一切真谛。段思廉在位三十年间，他与宋朝保持着友好的关系，同时也让大理国在风调雨顺中度过了三十一年时间。然而，有一天，一种前所未有的虚无突然像洱海季风般扑面而来。之后，皇帝宣布了他要隐退，要从王位上离开，像从前的皇帝段思英的离位。于是，在洱海边的大理国又出现了一位削发为僧的皇帝。再后来又出现另一个削发为僧的皇帝。这些历史像谜一样被洱海讲述着……

1. 洱海是敞开的、宽容而仁慈的

洱海是敞开的、宽容而仁慈的。埃尔米·路德维希在写作《蓝色地中海》时写道："大海的命运往往在波涛间与海岸上上演。但单调的万顷碧波是没有多少历史可言的，人类的种种奋斗都发生在海岸上，偶尔才延伸到大海深处。透过全人类的奋斗、功绩与创造，我们能听见大海的咆哮，瞥见大海的忧伤。风暴与乌云牵引人们驶向光荣之旅与灭顶之灾……"现在，我们将目光重新投向洱海，它只是一个湖泊，它之所以称之为洱海，是因为它的湖心诞生着海一样的波涛汹涌，海所拥有的悬崖、水草、鱼群使它显得生机盎然，发生在海岸的传奇，使它的命运像风帆般辗转飘零。从南诏国以前，无数的古部落便在迁徙中寻找到了它的岸，那时候，洱海比我们现在看到的要更庞大，所以，那些部落群

体都筑居在苍山。南诏国开史以后，洱海像一部水的史册，观望着岸上的历史在萌芽、演变和分化中举行的一场又一场生死庆典。历史就这样到了段思廉时期，之前，在段思平之后，大理国的历史已经再一次被人性之恶所揭开了舞台上的层层帷幄，回到段思平倒下的那一顷刻间，有无数种传说都在讲述着先王之死的秘密。

很显然，段思平之死意味着年轻的大理国失去了灵魂之主。在段思平倒下的地方是从蔚蓝洱海水面上荡漾出去的村寨，正是这些被段思平的步履所丈量的路径，编织出了一匹又一匹大理国初始农牧业的锦绣。在这一匹又一匹无限锦绣中充盈着稻米的香气，同时织锦者也织出了大理马的奔驰图景。在段思平倒下之后，羊苴咩城仿佛从风中失落了一只只巨大的大理石柱子，宫内一片暗淡。

我要描述的洱海传说，从一开始就注目着从一艘帆船在风暴摇曳中或者在波平浪静中上岸。我上了岸，像洱海的内陆一样遭遇到了一切风云变幻。现在，我们一如以往，知道生是死的必然，死就是生的开端。段思平走了，留下了整个大理国的后续之谜。

首先，回到王宫的层层帷幔中是因为分开内景，就可以感受到里面的气氛。洱海是一个造就音律和艺术文化的摇篮，任何一个人无论是在 7 世纪还是 21 世纪，垂临洱海，都会感受到这里的旋律弥漫。其中，洱海会在不同季节、气候中契入你的心机，为你的生命制造不同的冥幻曲。此刻，回到大理国时，那一支支冥幻曲依旧，带领我们掠开了那些双层帷幔。

帷幔下站满了角逐者们，只因为大理国先王倒下了。段思英必然出现，他将带着更加年轻的心灵前来继位，而之前，他周游于这一切之外，所有王宫的权力与他的内心无关。而此刻，他不得不走出令他身心沉醉的研习中的汉文化宫，他走了出来。之后，他开始在迷惑中继位，称为文经皇帝。在不长不短的一段时间中，他突然间丧失了以往生活在王宫中简单的快乐和生活，同时也失去了父亲的庇护之手，他几乎是在质疑和惶惑中坐在皇位上的。而他却对皇位之外的大理国产生不了任何

一种缤纷的思想，这正是让段二王倾巢出动的时机。

2. 从皇位中退隐之王

段思胄曾经陪同先王打下了大理国的江山，他了解大理国的一切国制，同时他也了解段思英。从段思英登上王位时，他就观望着世态的变化。使他失望的是，世态无任何变化。段思英虽居王位，眼神却虚无缥缈，那种从侄儿脸上奔涌而出的诚惶诚恐使段思胄登上了舞台，从配角的位置下，段思胄一直试图摆脱被段思平所笼罩的光芒，现在，良好的时机已到。他看到了段思英内心的怯懦，这怯懦正是他通向王位的最好契机，于是，他迎着怯懦中的段思英而去，他说出了让段思英将王位让给自己的想法。段思英抬起头来看着段思胄，这位曾跟随父王打下江山的人的目光，已经使段思胄感觉到羊苴咩城荡起的一股寒气。段思英被这寒气逼到了洱海边，母亲来到了他身边。

母与子面朝洱海，这时巨浪随同一阵大风突然呼啸而来，当他们朝身后退隐时，母亲意识到了退隐的意义。国母回宫之后，所做的第一件事就是召见段思胄。站在国母面前段思胄说出了一个理由，出于侄儿年幼无知，所以，在众文武百官的要求下，他才想站出来。国母也同时平静而坦然地道出了自己的想法，在"主少国危"的现状中，理所当然，王位应该让给皇叔，这也是国母最大的愿望。

当她转身时，这个从大理国初始走出来的女人，她为儿子选择的退隐之路将通向何方？她看到的退隐是从洱海边产生的，正是那包容一切世界之心的洱海，给予了在退隐中所看到的关于海阔天空的美景，这样一来，年少的儿子将不再卷入世事的争斗之中去。而此刻，她已经感觉到了佛国之光的笼罩，自南诏以来的洱海地区，已经被佛光所照耀。然而，大理国第一个削发为僧的人竟然是段思英。

从段思英开始，在三百多年的大理国历史上，总共有十个帝王因其权力的种种莫测的抗争，最终厌倦了政事，从皇位中隐退，成为

僧人。

　　段思英似乎并没有用多大的努力就能领会母亲的旨意：从这个万人争夺的王位中退出，退到被佛光所笼罩之地。他的离去是那样快，那样的自由和轻盈。这样的自由和轻盈弥留于王宫，必定会影响将来君主们的世界观。段思英确实没有花多大的力气就已经抽身离开了王位，这基于他最为简朴而平和的心境，同样也与他从小受到的母爱的熏陶有关。在他年轻的生命中，皇室和王位从来没有诱惑过他的生命。他之所以匆匆继位，只是一种历代皇史的游戏规则。现在，他的母亲为他安排并指明了另一条道路，他的身体拥有了自由和轻盈的旋律。

　　皇母去了哪里？这位生于洱海边的女人，心系于蔚蓝之洱海，当段思英离宫以后，在传说中，皇母之后也出了宫，当她来到洱海边时，一片云彩飘入她怀抱。于是，国母便驾着一片云彩开始了退隐。后来，新君主段思胄封她为"榆城宣惠国母"。这个故事使皇母的去向如彩云般秘密地激荡起大理国的历史，之后，段思胄坐上了王位，穿上了皇服，像他的兄长，并与原来的皇嫂的妹妹杨桂英成婚。五年以后，王位却再次离他远去——因为他突然死了。关于他的死众说纷纭，在纷纭之中是那样的寂寥。

3. 寂寥之洱海，送走了又一个王

　　洱海同样是那样的寂寥，伴随它起伏不定的依然是波涛。只有在波涛所推动下的洱海保持着惯性中的冲击力。如果你在夜里面对洱海，你会感觉到洱海充满了鬼魅，那是历史上各种幽灵们赴约的彼岸。许多历史在这里再次牵手，历史又再次触到了那些消亡者们的体温。

　　在段思胄之后，是他的儿子段思聪继位。之后，便是大理国最庸碌的时期，在漫长的时间里，这庸碌使大理国失去了活力，也同时失去了传奇。在这十七年时间里，大理国的时间通过洱海，依然释放出广阔的蔚蓝色调。

只到这蔚蓝被段思廉所看见，段思廉在宋仁宗庆历四年（1044年）即位，他是段思平的曾孙段思智的儿子。先王的儿子思英，当年虽削发为僧，他仍然拥有婚姻生活，只因为整个洱海地区都是密宗教。因而，思英即使做了僧人，仍旧可以成婚。

段思廉在位三十一年。在过去的时间里，他与宋朝保持着友好的关系，同时也让大理国风调雨顺地度过了三十一年。然而，有一天，段思廉却宣布了他要隐退，他要从王位上离开。像多年以前最年轻的王段思英的离位，只不过，前者是为了回避大理国争夺王位的险恶，是为了顺从于国母的旨意，像万千庶民样与世无争地活下去，像平凡的人们样活过了寿诞，然后安详地去赴死。

段思廉直奔洱海，在他经历了三十一年稳定的王位之后，洱海似乎仍在洗涤着他的灵魂。人之拥有灵魂，是为了检验心之触须到了哪里游荡；人之拥有灵魂，是为了寻找到自己的那面明镜，照彻自己的一切心路历程。

当洱海以它的纬度贯穿的浪花击穿了段思廉三十一年稳定的王位以后，厌倦开始涌现在他的内心世界。在他所触摸到的全部山水以上，现在只剩下了一种境遇，他似乎忘却了一切，羊苴咩城宫中的权威，王座再也占据不了他的内心。心，段思廉抚摸到了佛经，那些像水银般透亮的经文深入他的内心，犹如使他的身体僭越了一切时间的约束，他的身体仿佛已浮游在洱海底部，获得了一种晶莹剔透的力量。

他穿过水底的迷宫上了岸。

所有的历史是在一瞬间消亡的。现在，他上了岸。洱海的全部历史都在卵石、沙丘、苇丛、船帆、渔村的岸上汇集，从而构造了它们的辛酸和悲壮。大理王段思廉上了岸，一种前所未有的虚无突然像苍洱之风一样扑来。

他再也不可能像从前一样去面对那些忠奸者、献媚者、投机取巧者、鬼魅者、阴谋者、篡权者、弑君者……曾经坚硬的一颗心，此刻，是那样慈悲而虚无。就这样，段思廉在空中寻找到了万能之香的触角，

寻求了彻底沉迷的经文。他脱下了皇服，他的离位是那样的静寂，在那一刻，只有一片佛光荡来，除此之外，他什么都视而不见。

4. 洱海之上是佛塔之光影笼罩

　　洱海以上是佛塔之光影，它们的降临不仅仅是神谕的历史，也是万千饱受苦难笼罩之心灵渴望的现实。在大理国的羊苴咩王宫，当一个皇帝在宫殿中已经看不到最高权力的笼罩时，皇帝无疑已变成了庶民。段思廉脱下了皇装，他只想悄然地离开，他不想惊动任何礼仪，也不想叩响任何门扉，他厌倦的姿态告诉我们说，他再也不可能回到王位上去了。就这样，大理国出现了又一个削发为僧的皇帝，他一转身，王位就在他身心中消失了。

　　段思廉以后，新登位的皇帝叫义廉。当段思廉的身影越过了羊苴咩王宫高的、低的石阶，他无疑已经用意念逾越过了南诏大理国以来的全部苦役，正是那些漫长的苦役缔造了神秘的历史，同时也缔结了妙香佛国的传说。当段思廉的身影摆脱了羊苴咩城宫的笼罩，洱海出现在面前，佛塔出现在面前，隐现在苍山和四野间的庙宇出现在眼前。之后，段义廉于宋神宗熙宁八年（1075年）即位。大理国在这一时期继续以缓慢的时间叙述着它的国家和百姓的生活常规。它依然像南诏国和大理国时期不断延续的皇朝风格，不断地与中原，与宋朝，保持着良好的关系。因为，只有协调好国与国之间的政治关系，一个国家才不会产生战争。除此之外，新登位的皇帝也许是受到了父亲的影响，也许是受到了洱海地区佛教的笼罩，他似乎异乎寻常地笃信着佛教：一个皇帝用他的权力，力图为佛教举行一系列的活动。在洱海地区的传说中开始出现了"天龙八部"，这个出自佛经书上的意象，现在突然出现在皇帝的世界中。有很长一段时间，皇帝乐此不倦地执迷于"天龙八部"的现实：在一个被佛法所叙述的天地里，天龙八部参与了佛事活动。洱海地区因为有新皇帝组织的"天龙八部"盛会，参与者从四面八方涌来。

　　佛事活动中出现了杨义贞。历史必须在平静中涌出新浪，长久的平静以后，会遇上新的魔法者。杨义贞带着他的兵马出现在新皇帝面前，一个新的弑君者出现了。

　　洱海的姿容从来都是那样坦然，从它被世界所看见的那一时刻开始，无数的长旅者们来到了它身边。它仿佛拥有各种世纪，不同年代的神谕，那就是用它的水波涛陈述并接纳着世界的变革和忧伤。自然的无穷伟力将一个又一个王宫圈于波涛之中，无穷无尽的岁月改变着卓尔不群者的命运，谁也无法提前预知：我们的洱海将经历什么样的磨难。

　　一个又一个的皇帝突然有一天走出了王宫，与陷入黑暗王宫中的王位相比，宫殿外的生活将显得更加自由。自由而纯净的心境将使用眼看见的洱海更加蔚蓝，用唇品尝的溪水更加甜美。每个人需要的境遇不一样，有些人一旦陷入王宫，就再也无法告别那些盛宴下的争斗，只有少数人会跳出迷宫，当大理国的皇帝们脱下皇服变成僧侣时，只有他们自己的心告诫自我说，我终于放下了。我解脱了。

第十一章　忽必烈带着羊皮口袋占领了　　　洱海地区

　　对于忽必烈来说，大理国是神秘的。对于征服者来说，所有未被征服的国都、城池都像未曾晤面的景色、美人、疆域一样让人心醉神秘。忽必烈翻身下马的那一刻，便看到了浩荡的洱海，这是一块远离大草原的疆域。自从十万只羊皮口袋输送过金沙江以后，征服大理国的胜利就已经离他越来越近。这支蒙古族军队的出现改变了历史的迹象。自此以后，大理国三百一十七年的历史终于画上了一个句号。一道幕帘垂落于洱海，被翻滚不息的波涛声溅湿——一个新时代降临了。

1. 新一轮黑暗叙事的开始

　　当我们在黑夜抵达洱海边时，通常是想在新的一轮黑暗叙事的翅膀下——进入下一篇章，进入洱海的岸边，倾听到那些新的旋律。当忽必烈伟大而震惊世界的征服开始朝着西南边陲卷来前，洱海依据那水的触角，已经将旧梦和新梦交织的时刻呈现：段正严于宋大观二年（1108 年）继位。这是一个特殊的时期。

　　每一轮都以当时的历史背景转换着内部的风花雪月，每一个君主都有他们倚靠的运气，好运和坏运气使一个君主开始复述历史。段正严从瘟疫遍地中坐上了王位又站起来，注视着这个哀鸿遍野的国度。这是

一个需要抚慰、疗伤、治理的时刻。洱海地区，苍山脚下不时散发出瘟疫过后的腐烂之味，洱海以水的悲悯，在昼与夜之间不时地将水涌上岸，洗涤那些岸上的悲伤。新皇帝来到了水边，水给予他力量，类似从前，水赐予了南诏大理国以灵魂面对人类的历史。

段正严正值年轻的风华，面对瘟疫，他没有畏惧，因为他年轻。一个君王的年轻就像饱满的果实可以支撑大理国的变幻。所以，在变幻中，大理国开始协调它的命运，在很多时刻，大理国的命运就是一个君主的命运。犹如一首歌谣被传唱、一条河流奔向大海改变了世界的命运。

在段正严继位不久，瘟疫神奇地从洱海流域消失了，苍山脚下的牛羊们又欢欣地寻找着鲜美的万顷牧场。尽管，随之而来的大地震彻底夷平了几十座庙宇，然而，羊苴咩城宫中古老的柱子依然支撑住了短暂的灾难。洱海以上的战乱仍在频繁中发生着，尤其是三十七部的叛乱，使新皇帝的执政面临着新危机。然而，在这关键的时刻，高相国果断的带兵平定了一次又一次的叛乱。

通往宋朝的路依然在和谐中敞开，那一年，洱海边又一次迎接着由宋朝派遣过来的使者，此刻，正好是大理国恢复了一切秩序的时期，在明朗的阳光下，段正严被册封为大理王。

历代南诏大理王出入的洱海，正是我们的眺望之海，跨往洱海的水岸线依然遥远诡异。此刻，忧郁的风帆仿佛又让我们回到了大理王段正严时候，在他被册封为大理王后不久，高泰明去世了。在他死后，他被封为国师，举国哀悼。他的八个儿子，大都封为国相、国主等。其声势和威力仿佛笼罩着大理国的半个阳光。尽管如此，在他们家族中又有一逆贼和叛乱者出现了，他就是高智昌，他的人性中从小就充满了恶。由于自幼年少开始就与家族产生了仇恨与悖逆，终于在大理皇帝没有赐予他皇家权力的时刻，用仇恨和悖逆面对着大理国。于是，在他成人以后，他决定刺杀皇帝。

从南诏建制以后，洱海边就周游着刺客、僧侣、艺妓、药师、卜

告者和琴手、歌女等人，他们被洱海边的历史风云录圈于其中：刺客是洱海边胸藏杀机者，他们漆黑的长袍下深藏着各个历史朝代致命的武器；僧侣从世界各地而来，因为洱海边的商贸生活已经被世界所看见；艺妓最初是从中原来，正是这些妖娆者，像男人们一样用身体开辟了道路，破开了瘴气弥漫的西南边陲的屏幕，来到洱海建立了属于她们自己的艺妓领域，同时也为洱海培植了新一代的艺妓；药师们背着药书、药钵，里面藏着毒药和圣水；琴手来自中原也来自波斯和骠国，他们是音韵的制造者；还有歌女，这是一群使用舌头为南诏大理国的历史伴唱者。

2. 在刺客林立的洱海地区

所以，在刺客林立的洱海地区，那个逆贼寻找到他叛逆之心所需要的刺客。这是一个被杀机笼罩的日子，刺客们守住了从龙尾关通往羊苴咩城的通道。在被乌云所滚动的天穹下，跳出的几十个刺客很快就被守候在段正严身边的武将们捉拿了。面对皇帝，高智昌毫不隐瞒地吐露了真言：皇帝应该被刺杀，因为大理王朝就应该是高氏家族的。

高智昌在被流放的路上自杀身亡。而被他秘密训练过的两名黑色刺客，在他死后，想为他复仇。当皇帝在佛寺中敬香时，他们潜进了佛寺，但最终刺杀失败。

这些郁积过来的一幕幕黑色叙事，像滚滚不息的乌云呈现出混乱：大理国被许多乱事所缠绕。当高连泰做了"中国公"后，引起了三十七部再一次的进攻，诸如此类的斗争，像有一只巨大的蜘蛛网终日在皇帝的头顶，以不可思议的混乱盘踞在迷惑的视野中。

皇帝的心越来越灰暗，选择禅位为僧之路，像是在重蹈先王们之路，却是段正严现在唯一而坚定的选择。像先王们一样，他面朝洱海，他已苍老，他的身体和心灵历经了四十年的王位。在这漫长的时间里，他似乎一刻也没有停止过惊悸和喘息。也许只有在长夜中被梦境所环绕

时，他的心灵才会像洱海深睡时那里无风又无浪。他累了，很多人都无法理喻皇帝的疲惫和厌倦，所以，很多人都无法去理解洱海边帝王们为何禅位为僧。

在通往禅位为僧的洱海之上，在苍山之径行走时，段正严离开了人世。他的死化开了苍山之雪，轻盈如风荡漾而去。在他死后，儿子段义开始继位。这些不断重复的仪典，是历史的需要，王位不能空缺，世界不可能无君主。段义继位以后，又做了二十五年的皇帝。这同样是大理国最为悠长的时候，它之悠长，犹如盘桓于洱海岸上的风花雪月的飘带，缠绕着这个国度。它依然背靠着苍山洱海之神力，仿佛在期待着又一场历史的变革。除此之外，皇帝依然把王位传了四代，传到了段兴智时代。

段兴智的王位暗藏玄机，他所置身的时代是中国历史中最有激情燃烧的年代。然而，他并没有意识到在他继位之后，大理国面临着毁灭。在很长时间里，洱海边的卜告者们似乎同样失去了神秘的魔法，也许卜告者们睡着了，所以，在很长时间里，段兴智心中装满了大理国的天下，同时也装满了已经尽收眼底的美景。

而此刻，元世祖在遥远边际的草原上，已经梦到了大理国的美名和洱海王国的富裕，梦见了自南诏到大理国以来全部的历史。所以，元世祖伟大理想中的统一梦想即将穿越大渡口破吐蕃，出石门，进入大理国。之后，段兴智必将经历大理国的灭亡，历经大理国在顷刻间化为泡影的绝望。

段兴智从继位的那一刻就意味着一个新的时篇开始了。所以，我们看见了段兴智，他在洱海边等待着流云，等待着世界历史上最伟大的传奇的降临。

3. 忽必烈穿过了云端下的云之屏障

忽必烈穿过了云端下的云之屏障。

　　这是被杰出的元世祖时代孕育出世的时辰，它将由忽必烈王完成这个永恒的篇章。一条被岩浆激流所裹挟的金沙江出现在忽必烈面前。一只黑色的大鹏鸟正在云之上空审视、观望中迎候着忽必烈的十万蒙古大军的降临：他们带着元宪蒙哥为了灭亡南宋的梦想，带着征服四川和云南的宏伟战图，从宽阔无垠的北方草原抵达了炎热的金沙江边。十万大军的铁蹄声惊动了空中的大鹏鸟，它们一反常态，变成了空中的审判官。它们环绕着江岩，仿佛蚁群般的移动，它们扬起厚重而漆黑的羽毛，因为它们的鼻翼已经嗅到了异味，这是忽必烈携带而来的十万大军从茫茫无际的大草原上带来的生灵之味，刀剑之味，也许还挟裹着草棵的芬芳和牛羊粪的味道。多么遥远的疆域，穿越了多么艰辛的旅程，然而，不管怎么样，在灭寂南宋之前，必须征服沿金沙江环绕出去的这片西南边陲上最繁茂的领土，它就是正在挣扎、喘息中的大理国的历史。

　　在一群黑色大鹏鸟的注视下，忽必烈站在金沙江边，他是元宪宗的弟弟，他长着迷人的蒙古族的胡须，有着英雄般的传说。他的目光已经看见了那群骄傲的大鹏鸟，它们环绕着在十万蒙古大军上空，仿佛想扑下来将大地占为己有。只要忽必烈扬起手中弓箭，就可以在顷刻间消灭这些空中舞蹈者。然而，这位同样伟大的王者并没有动怒。相反，他在凝视中看到了与草原之鹰类似的飞翔和嘶叫的音律，它们的存在似乎使他对这片领土的征服蒙上了种种神秘的传说。他对着空中的鹰叫喊了几声，似乎想告诫它们并让它们深信：他就是忽必烈。用不了多长时间，大理国将灭寂在他手下；用不了多长时间，那群大鹏鸟就会为他的胜利而欢鸣。

　　而此刻，金沙水横阻在中央，十万大军汇聚在金沙江边，忽必烈突然想起了牛羊皮口袋，这些曾经跟随着蒙军征服全世界的口袋，它们沉重而充满灵性。从草原蒙国而来的牛羊皮口袋，已经跟随他们穿越了辽阔的世界，今天同时抵达了迷人的金沙江边，江水之迷人在于有乱石穿插在波涛之中。我们会看见在汹涌澎湃的涛声中，耸立起了江水中的石岩，仿佛想证明自己的不可征服。

一只只同样迷人的牛羊皮口袋，是深褐色的、棕色的、紫色的、咖啡色的，此刻它们出现在波涛的起伏中，几十万只牛羊皮口袋仿佛一个巨大的浮标，筑堤而起。就这样，金沙江为蒙军搭起了桥梁，它为历史在水的呼唤中输送过了十万大军。

暮色中的金沙江畔又出现了忽必烈的那张脸，纯粹草原传奇的面孔，一张英雄的脸，带着披荆斩棘后的倦意，带着巨大的抱负。正是这面孔谱写了历史中被传颂的史诗，现在，我们只可能在想象中触摸到这被时间所阻隔的虚无之美。

十万大军渡过了金沙江，这就是忽必烈在暮色和残阳中朝着历史的卷书微笑的那个瞬间。他的微笑充满了征服者的骄傲，而他的倦容却保持着神秘的力量。所以，大理国必须要被征服。

忽必烈跨过了纵横千里的金沙江后开始隐现在洱海之上，很难想象忽必烈站在山冈往下眺望洱海的心情，这个建立了草原帝国的人，看到如此秀美的洱海，到底有何感慨？在我们今日的想象中，对于伟大的征服者忽必烈来说大理国依傍着洱海的灵魂是撼人心魄的，所有未被征服的国都、城池都像未曾晤面的景色、美人、梦境一样令人心醉神迷。这是一座远离草原帝国的王城，苍山和洱海此刻就在他视线所瞩目之下，他伸出手去，这是一个战无不胜的时刻：忽必烈带着十万蒙军就这样改变了历史的迹象。自此以后，史学家们将重新篡改历史，因为忽必烈已经来到了洱海边。

洱海也同样看见了忽必烈，在它的传记中，因为忽必烈的到来必将用波涛演奏出这个不可磨灭的时刻。

4. 当忽必烈眺望到蔚蓝洱海时

忽必烈的蒙军以不可思议的征服从草原来到了洱海，这个壮美的时刻同时揭开了另一个现实：大理国将灭寂，这是序幕的开始，无论如何，谁以无法改变这个事实。就像今天的人类无法去想象亚历山大以人

类历史上空前绝后的想象力建立了历史上一个规模宏大的帝国。而在一个山峦连着山峦，河川毗连另一河川的世界里，从草原上跋山涉水过来的十万蒙军，用我们难以描述的速度到达了洱海。

洱海突然涌上岸，仿佛为忽必烈伟大的征服而激动：洱海永远是世界性的，从一开始它就融入了人类的怀抱，所以，当它看见这位从草原来的英雄时，便开始用水旋律演奏着。水的旋律向来是清澈的，除非是战乱所带来后的杀戮从暗滩流入它的身心，尽管如此，洱海所具有的力量可以在较短时间中，洗涤尽那些人类的血液和忧伤。

忽必烈眺望洱海的那些瞬间并没有被任何文献和史学收藏，枯燥的文献和史学不善于收藏人内心的眼泪和未表达而出的秘密。但我们要深信，在那一刻，忽必烈在他伟大而动人的征服中，看到了人类最美的乌托邦，看到了洱海风花雪月的传奇。

当那年冬天的雪覆盖住羊苴咩城宫时，我们也同时看到了，这场史无前例的雪，突然消失了王城中以往的温暖。树梢被积雪压住了身心，通往羊苴咩城的所有通道都已被大雪所盖住，在那个寒冷之际，冰雪似乎想盖住南诏大理国以来所有王君们的一切足迹。

大理城关闭了所有城门，年终岁末的时刻，失去了彩灯和龙舞的大理城，早就已经在霜雪中预测到了呼啸而来的蒙军，将彻底推翻大理国的国制。当段兴智出现在城宫中时，这个同样怯懦的君王凝着厚厚的积雪，凝聚在这个雪一样寒凛的时刻。这个时刻已将他的剑凝固，尽管他是武将，然而，雪已经将一切剑术封住，他已无法左右这个世界，从小到大，他都是一个沉湎于汉文诗学的帝王，他的心了解世界的无常，父王们赐予了他君王的良善，他本想用君主的仁慈治国。然而，对于他来说，忽必烈的十万大军来得太快了。

雪封闭了所有的魔法，面对伟大的征服者，所有洱海地区发明的魔法将失效；面对忽必烈的征服，所有的剑舞将失去昔日的神秘和杀机。大理王城仿佛已变成了一片死水，静寂的路上，穿巡着忽必烈使者前来招降的脚步声。

段兴智揭开了被大雪所罩住的洱海，他仿佛又一次看到了发生在洱海边的，历史上著名的天宝战争，那次战役的胜利突然给予了他力量。此刻，他将宝剑从积雪中抽出，哪怕十万蒙军已经包围了洱海，他仍在那一刻抽出了剑。这一刻，高氏家族中的一名将高和，突然杀死了忽必烈派遣而来的招降使者。

这一刻，也正是忽必烈与兀良合台会师在丽江玉龙雪山之下的时刻。忽必烈听到使者被杀死在洱海边以后，他便下令攻击高和所守护的九禾。元朝大将与大理国大将相遇，兀良合台再次劝告对方招降，顺从于历史的宿命，然而，大理国骄傲的将军高和因拒绝而死在乱箭之中。忽必烈已率军而来，整个滇西被蒙军们的脚步所丈量着。段心智和高泰祥等文武众将忽视了忽必烈的征服，他们认为：忽必烈的军队只适宜在草原上打仗，进入洱海和苍山脚下，就会有龙首龙尾两关及城池作为屏障。与此同时，忽必烈的蒙军已经冲进了龙首关，高相国仍然率领着众将守候着大理国的城池。

此刻，洱海漫长的堤岸上已经出现了滚滚而来的蒙军。段兴智和高相国在那个寒风呼啸的午夜，携带着羊苴咩城宫的历史和文武官员们正在血腥中艰难突城，在出逃中，高相国被擒获后因不愿投降，被立刻斩首。在另一条路上，段兴智正在逃往滇池的路上，忽必烈的军队追赶到了滇池边。

从洱海到滇池，两座湖相隔着万千屏障，却在逾越了屏障之后被征服，就这样，段兴智面对忽必烈的征服抛下了宝剑：大理国在这一刻永远结束了三百一十七年的历史。

第十二章　洱海以上的太和城与德化碑及其他

在洱海的微风中，从今天大理古城沿滇藏公路往南 7.5 公里处，点苍山顶峰向东有一延伸的缓坡，坡顶有一块占为平整的土地，这就是著名的太和城遗址。739 年，皮逻阁迁都以后，这座建在山冈上的王城西靠雄奇险峻的苍山，东临波涛汹涌的洱海。南诏第五代王阁罗凤使南诏国达到了空前繁荣的时期，而记录着阁罗凤历史和传说的就是"南诏德化碑"。德化碑立于 766 年，即唐代宗大历元年。碑身始终在洱海上空，被历史复述着。

1. 太和城的沧桑史迹

建造南诏国光芒和忧伤的背后是什么？从这个问题出发，我们将重新前往太和城遗址。在一个深秋的季节，前往太和城，是因为在四季循环中，只有深秋之色泽可以抵达太和城的消亡深处。这个奇妙的遗址出现在迎风飞舞的残风中，而它无形无姿容的苍茫正迎面与我们视线相遇。

在太和城之外，我们看到了无以计数的用 21 世纪的魔针挑起的关于旅游的队伍，正涣散在整个洱海地区。只要那根魔针移动，必会看见从世界各地奔赴而来的人在洱海边消磨着他们的年华。

三塔寺的两佛塔
云南省大理府
1922 年 5 月 4 日

　　而在一千多年以前南诏王皮逻阁的胸怀和视野之中，在苍洱之间，注定要出现一座依傍苍山雪，洱海波浪的王城。这个时刻是庄严的，因为在洱海的历史上，还从来没有出现过一个像皮逻阁一样的君王，把他内心的抱负与苍山和洱海贯穿一体，也没有一个君王在此创造不朽的王城的历史。

　　在皮逻阁看见这未来的王宫之前，这里只是一片河蛮旧址。皮逻

阁走出了征服六诏时的巍宝山，内在固有的激情最早让他看到了苍山内麓的这片平址，这里充满了蛮族们建构的一片原始的壁垒，正是这些被早期的迁移者、占星师、炼金人寻找到的原址，被一个从巍宝山走出的王看到未来的大城。除此之外，在此地建城，也是一种政治和军事的双重利益所需。

　　尽管那时候，还没有被世界的目光看到洱海的黎明和熔金般的晚霞，然而，皮逻阁在造城之前一定已经滋生出了统一整个云南山川的伟大图像。我们知道，这是南诏建立以后出现在苍洱之间的第一座大城，从唐玄宗开元二十六年（738年）至代宗大历十四年（779年），作为南诏王城的历史约40年之久。

　　在这四十多年的时间里，从皮逻阁到阁罗凤，两代南诏国王在此王城中演变出了最显赫的历史，其中最著名的天宝战争就在这期间发生。除此之外，从皮逻阁到阁罗凤，两代王在太和城演变了一幕幕王城生死录，我们仿佛在此遗址上看到了748年，云南王皮逻阁的死亡，在苍山雪一样凝固的时间里，子阁罗凤嗣主，后唐朝册封阁罗凤为云南王。我们沿遗址仍会看到南诏王阁罗凤，看到了754年，李宓大将军率唐军二十万逼近了洱海，李宓沉海而死的历史。除此之外，我们在太和城的文物中发现了"封仓石碑"，在这块斑驳的碑文中依稀可以追溯南诏国的仓管建筑与储粮的关系，历史追毁了太和城原有的一切王宫风貌，我们只可能在这漫长的时间里，尽可能地依据四十多年的王城史，想象这座城的灵魂核心在哪里。

2. 洱海之上的王城

　　首先，是南诏国的历史和帝王们的理想建造了太和城。就像我们的庶民们，只有寻找并筑起自己的屋宇，灵魂才会有安顿之乡。如果没有这些王城的历史，洱海将只是一座自然之湖。如果没有洱海，南诏王们也不会造太和城。洱海是造就太和城、大厘城、羊苴咩王城的灵魂背

景。而当皮逻阁迁都时，洱海在欢迎着他，那一年的风光仿佛都铺满了锦绣，夹道欢迎着皮逻阁。于是，在历史的激斗和与洱海的拥抱中，皮逻阁开始在太和城叙述他壮丽的风云漫卷，我们在南诏国的历史中同时创造了洱海卷，我们可以悲壮地告诉自己，在洱海的史卷上，只有当皮逻阁迁都而来时，洱海才真正地进入了人类历史的搏斗。也就是从那一天开始，南诏王们在洱海流域拓展开了世界的风貌。

在城垛遍布于洱海流域的 21 世纪的今天，古老的历史学符号就像当年皮逻阁王交织在胸前的卜占星座，它们神秘而遥远，因其遥远而产生了神秘。在任何时间里，神秘与遥远是两个若即若离的不可分离的盟友。

南诏国造城的幻想与天赋是永远不可磨灭的。在太和城被上千年所风化的遗址中我们寻找着南墙与北墙的地理位置，正是这些早已从人类视野遁世的墙垒，曾经造就过皮逻阁到阁罗凤时期的许多政治变幻图景。寻找太和城遗址的城门显得更加徒劳，因为城门是打开合拢的磁场，正是来自这个磁场的力量，使 40 多年的王城变幻着历史的面孔，而且城门也是君王们出入之地。循着大量风化的沙石，随同岁月的流逝，城门的准确方位似乎已经被交织在南诏王皮逻阁胸前的心型魔咒所带走了。

除此之外，还有太和城城内的建筑遗址、国门建筑遗址、桉树林建筑遗址、茶园建筑遗址、佛顶寺夯土台遗址、太和城城内的街道及道路遗址。所有这些围绕着一座王城所产生的遗址在哪里？

站在太和城址上，天际穿行着云彩。世间万物，唯有海上的云最为自由。我们凝视着被阳光所照耀的洱海，而脚下就是太和城遗址，人类所有的追忆与伤怀都将沉下，归于尘埃。

在太和城以后，是洱海边另一座巨大的王城羊苴咩城的升起，是阁罗凤以后演义历史舞台的羊苴咩城展现出了这一幕：779 年，是年九月阁罗凤卒，因其子凤迦异早逝，孙异牟寻嗣。迁都羊苴咩城，以郑回为清平官。

太和城已消逝，它的消逝顺应于一切历史的规则。我们仿佛又一次在遥远和神秘之间，感受到了造城者中的皮逻阁胸前的心座与时间的魔力，再一次的交织出了王城的秘密：知秘密者和藏秘密者就是广博无边的苍山和洱海的灵魂。

3. 隐现在太和城的南诏德化碑

隐现在太和城的南诏德化碑以不眠的方式面朝着 1000 多年以后的洱海。这座碑高 3.9 米、宽 2.4 米的石碑经历住了 1000 多年的时间摧残。原碑文 4000 字左右，现仅存 830 字左右的德化碑以楷书展开了一场叙事，充分展现出了从蒙舍城中招展到阁罗凤时代的历史。

我们透过斑驳可以辨认出这样的文字，这是简体字中的《南诏德化碑》："恭闻清浊初分，运阴阳而生万物。川岳既列，树元首而定八方。故知悬象著名，莫大于日月；崇高辨位，莫大于君臣。道治则中外宁，政乖必风雅变。岂世情而致，抑天理之常。我赞普钟蒙国大诏，性业合道，智睹未萌，随世运机，观宜抚众。退不负德，进不惭容者也。王姓蒙，字阁罗凤，大唐特进云南王、越国公、开府仪同三司之长子也。应灵杰秀，含章挺生。日角标奇，龙文表贵。始乎王之在储府……"从碑文中我们不仅仅寻找着珍贵的史学原乡，同时也在寻找着著碑文者的郑回。

只有找到郑回，镌刻于石碑上的风云波涛才会回到洱海的中央。郑回，已经随同南诏德化碑铭刻于世间，而当我们回过头去时总能看见他。一个并没有与洱海和南诏有任何亲缘关系者，却随同唐朝军队进入洱海，成为南诏的战俘。他不可能再回中原，他留下来了，起初是王城中从君王到君储们的国师，到了异牟寻时代成为南诏国的清平官。

通过碑文上的叙说，我们就能抵达郑回的内心世界。从他留在洱海边时，就意味着他要以一个局外人的身份进入扑朔迷离的南诏国的现场。他用一个国师的语言影响了从阁罗凤到异牟寻的精神世界，从而使

洱海边弥漫着中原文化的符号。然而，他最为杰出的贡献在于完成了南诏德化碑上的叙事符号，当我们在细雨稠密的秋季，再一次看到德化碑时，细雨中的文字越加斑斓："出入连城，光扬衣锦。业留万代之基，仓贮九年之廪。明明赞普，扬干之光。赫赫我王，实赖之昌。化及有土，业著无疆。河带山砺，地久天长。辩称世雄，才出人右。信及豚鱼，润深琼玖。德以建功，是谓不朽。石以刊铭，可长可久。"

阁罗凤的历史是南诏德化碑中一段不可磨灭的历史，郑回出现在阁罗凤时代：作为一个唐朝战俘，他惊喜地看到了洱海。任何人，在任何时代，在任何时刻如果一旦看到洱海，都会被它的美所吸引过去。因为它的风雅和蔚蓝都是唯一的，正像亚历山大大帝是唯一的，长城是唯一的。

郑回不可能再退之洱海之外，不可能再背离洱海的蔚然，因为洱海之蔚蓝让他看到了南诏国的灵魂。他迎着阁罗凤的目光走进了太和城，迎着苍山雪寻找到了王城最适宜他的位置。

作为国师的郑回，他越来越快地就进入了南诏国的建国制，进入了南诏王的内心世界中去，并用他的内心和才学承担起了一个举世嘱托的重任：建造南诏德化碑史记。

4. 德化碑的永恒哀歌

郑回，以他的忠诚之心开始撰写碑文的时间也正是阁罗凤结束天宝战争以后的时刻。之前，阁罗凤在结束天宝战争以后从未停止过他作为帝王的历史。762年，唐代宗宝应元年，那年冬天，阁罗凤曾从洱海边出发率大军开始了一次远征，途经并统一了大怒江和伊洛瓦上游之川土；763年，唐代宗广德元年，阁罗凤又开始巡视昆川，即今天的滇池，开始造城梦想。此外，阁罗凤扩建了羊苴咩城，方圆四五里。此王城在异牟寻继位后又继续拓展此城，绵延出十五里。765年，唐代宗永泰元年，那年春天，阁罗凤开始在昆川筑拓东城。

　　766 年，唐代宗大历元年，阁罗凤立《南诏德化碑》。

　　智慧和才情再现出了《南诏德化碑》中不朽的历史，在一幕幕历史中穿行的不仅仅是南诏的帝王们，还有郑回的悲郁和叹息。面对德化碑，我们的双手仿佛被郑回的手牵引着，再一次回到那些悲壮的时刻，一块立于太和城的石碑上演义的历史也正是阁罗凤时代所创造的一个洱海帝国的悲情史记。所以，当德化碑出现在一千多年前的太和城时，那块巨石必须承担起伟大的力量，以此在苍山和洱海间耸立于世，并以此与时间抗衡。从此以后，它获得了云南第一大碑的殊荣，获得了神圣的位置和时间的拥抱。

　　从荒草中逼近我们眼帘的德化碑，在一些荒谬的岁月里，曾经是人们使用过的磨刀石，曾经背靠着苍山被历史所遗忘。尽管如此，人类史最神奇的目光再一次看见了它，并将它揽于怀抱。

　　迎面飘浮而来的雨丝中回荡着南诏王的悲叹："嗟我无事，上苍可鉴。九重天子，难承咫尺之颜……"这般的哀歌，弥散于一座消亡已久的王城，沿着这哀歌，我们又看到了无所不在的洱海。

　　如果说《南诏德化碑》中有旋律弥漫，那一定是来自洱海的浪花。洱海浪伴奏着德化碑的演奏，这浪花缘于南诏国的史迹，由阁罗凤的独寂和理想铺展开去，这块碑文使消失的南诏国重又复活，使这块耸立于太和城的石碑拥有了不朽声名。

　　于是，细雨中碑文上的文字越来越清晰，合着著文者郑回的心跳，我们继续在寻找文字中的叙事："……我命大军将段附克等内外相应，竞角竞冲。彼弓不暇张，刃不及发，白日晦景，红尘翳天，流血成川，积尸壅水。三军溃衄，元帅沉江。诏曰：生虽祸之始，死乃怨之终，岂顾前非，而忘大礼。遂收亡将等尸，祭之葬之，以存恩旧……"

　　细雨中，德化碑是洱海一大传，它的永恒将依傍这洱海的门户，继续述说着："碧海效祉，金穴荐珍。人无常主，惟贤是亲。土宇克开，烟尘载寝。毂击犁坑，辑熙群品。"

第十三章 在洱海以上神灵们的位置

从西洱海北岸的龙尾关往西行至斜阳峰下，可到达将军庙风景区。将军者为谁？将军者李宓也。李宓为唐王朝而战死。李宓战死在南诏的洱海，带着二十万亡灵者沉江而死。就这样，李宓被洱海地区的人们，自然地奉为本主神。点苍山从北往南有十九峰十八溪，其中十二峰叫中和峰，中和峰下有一古庙，坐北朝南，前临中溪，这就是著名的苍山神祠。看到神祠，就会触摸到南诏国最伟大的君主之一异牟寻的胸怀和思想。现在，苍山神祠已变成南诏王朝的一种盛典。

1. 从西洱海北岸而上

从西洱海北岸而上，彩云就飘来了，在一束束彩云下再沿龙尾关往西行至斜阳峰下，就可以到达将军庙。现在，我们获得了洱海边一所神居的原址，一千多年是怎么过去的，据一个从我们原乡的灵欲之城的先知说，时间是从睡眠中过去的，一夜黑暗以后，天地万物都被改变了。时间再也不可能回到过去。

时间再也不可能回到洱海边的天宝战争，回到李宓将军亲率唐军来到洱海边的时刻。在艳阳高照的洱海边怎么也嗅不到天宝战争的血腥味，时代正在用金属声和越来越商业化的旅游业包装着洱海，也许，这出自世界的流行和媚俗也在洱海边降落。这个时代拒绝想象力、拒绝沉重和忧伤，当然也在拒绝着伟大的历史。

洱海

　　洱海与苍山相依偎，构成了美丽的山海双璧。苍山有十九峰、
十八溪，十八溪之水汇集至此成为洱海的碧浪

　　历史不仅是一个词语，也是一场叙事。在书中，笔者的我不断强
化叙事的魔力，因为我在书中的开端说过：也许是在前世，我曾经是南
诏大理国时期的一名女巫，收藏了漫长的历史；或许是洱海中的一个水
妖和一尾鱼，在水底的波涛中看见了洱海的演变史，所以，我命中注定
要看见这场风花雪月。叙事是为了将我们带到现场，我们都知道，一个
人的一生中充满了各种叙事方式，正是那些来自现实后的遭遇，谱写了
我们的叙事曲。

　　苍洱间最著名的天宝战争使李宓将军的死亡显得尤为悲壮。

　　悲壮以后是什么？这是一个一千多年来一直争执不休的问题，正
像人之死是一个冥灭的问题一样纠葛住了历史。二十万唐军的死亡和一
个将军的死亡——曾经长时间地笼罩着洱海。其笼罩感以阴阳相隔的方

式使洱海陷入了长时间的窒息，鬼魂们游移在岸上，使洱海流域散失了宁静。

是谁给了战败于南诏的李宓将军一座神殿？又是谁成为面朝洱海的神灵？天宝战争以后，我们看到许多战俘留在了洱海，并开始了与当地人通婚，正是他们最早寻找到了永不瞑目的将军的孤魂。当我们今天从西洱河北岸的龙尾关西行而上时，就会寻找到李宓将军当年的被困之地，他满怀忧虑的双眼被洱海挡住，剑鞘在风中摆动，仿佛被死神挡住了剑锋，那一刻，我们的将军在沉吟什么？

时值秋日最后一滴雨水融化在一片落日中的时刻，一滴雨水它已被落日带走。在传说中，李宓将军陷入龙尾关时，曾经有雨水溅落而下使他绘在地图上的方向变得一片模糊。当时，他挥剑插入了泥土，那方宝土竟然长出了一棵大树，那棵大青树就立于将军庙门口，好几个世纪已经过去了，大青树始终守候在此地，其不离不弃的姿态装满了世纪的叹息和沧桑。

2. 秋色弥漫中的将军庙

李宓在此已经被赋予了神性。

这同样体现出了洱海地区的人性和宽容，一个入侵者，在他成为战败者沉江以后的事件，在今天的洱海地区仍然是一部史篇。风吹开了天宝战争的史页，每到此刻，李宓就会出现。无数的旅游者来到了将军庙，他们看到了门前守护者的大青树，似乎只要我们伸出手去触摸树叶，其残叶都在追忆着李宓将军的生和他的死。

生命的所有奥秘构成了生死的篇章。

在李宓率军从唐朝而来的路上，从宿命上讲投奔的已经是一条赴死路。唐军来到了龙尾关，李宓置身在唐军中央，战争除了赴死就没有别的存在了吗？当然有，否则，人类创造战争就没有任何意义了。天宝战争使唐军沉亡，使南诏大胜，作为胜者的阁罗凤感受到的同样是孤寂

和荒凉，所有这些都记载于《南诏德化碑》中。

赴死者李宓所感受到的只有茫茫天际的洱海，只有茫茫然的一片残水翻滚而来，所以他的死是必然的：面对洱水，再也没有退路可选择。简言之，再也没有生之路在召唤着他。

在他死后，又是一番新的篇章推波逐浪而来，这就是我们人类的故事。时光之所以弥漫，是因为有怀念者缅怀者置身于循环的时间之中，正是那些怀念者和缅怀者修造了神殿，升起了弥香，从而保存了生死之间的秘密。

这秘密已经神化，回顾人类神化之路，也就是人类建立心灵圣地的历史。

人类之心编织出了巨大的轮盘，是为了让新的生命看见生命的苦难和超越的历程。洱海总是以仁慈和悲悯贯穿于我们的视野，所以我们看到了将军庙。无数的拜谒者来自龙尾关、来自洱海地区。李宓被奉为本主神，每天朝拜的人们不知不觉已经不再将李宓与一千多年前的天宝战争联系在一起，在这里，他已经成为人们俗世生活的护佑者。

秋色覆盖中的将军庙，我们会倾听到细如流韵的祈福声，那些心灵的声音早已逾越了许多个世纪以前的刀剑声。

顷刻间，香烛在穿越龙尾关漫长的秋色，我们在寻找着作为大将军的李宓，却怎么无法寻找到他的剑，当然也看不到他的沉亡和悲壮的倾诉。神性的力量已经改变了这一切，我们又眺望到了洱海，就像是李宓在生前和死后用眼神感受到的两番境遇：当他立于龙尾关时所看到的洱海波浪相撞，而当他死后所看到的洱海平静如睡眠无波无浪峰。

3. 被秋色所编织的苍山神祠

点苍山从北往南共有十九峰十八溪，其中十二峰叫中和峰，中和峰下有一古庙，坐北朝南，前临中溪，这就是著名的苍山神祠的原乡原殿。看到神祠，就会触抚到南诏国最伟大的君主之一异牟寻的胸怀和思

想。在异牟寻时代的一次奇异的想象中，我们跟随他的想象力在行游着，基于中原国土上对于高山流泉的命名，异牟寻突发奇想，开始以一个王者的风范将云南早已统一的山川命名为五岳四渎。何谓五岳：它们就是从异牟寻窗前所眺望出去的中岳点苍山—东岳马龙山—南岳无量山—西岳高黎贡山—北岳玉龙雪山；何谓四渎？它们就是被南诏王们驰骋出去的江河，形成四渎的江河有金沙江—澜沧江—黑潓江—怒江。

其实，在人类文明历史未出现之前，这些伟大的山岳和江川早就已经存在了。这些古老的大自然的山川并不会因为人类的遗忘而失去它们自身创造的历史。尽管如此，人来了，人是地球上最奇异的生灵，人发明了历史、欲望和想象力。于是，人需要这些古老的山岳江川，就像眼睛缔结出了晶体和眼泪。异牟寻之前，南诏国的先王们早已用奔腾的激情云游过了云南广袤而神奇的山川地理。

现在，异牟寻出现在点苍山的绿色屏障之中，这是洱海之上最美而神秘的南诏屏障，异牟寻经常到此地寻找神圣的思想。当点苍山的春天到来时，总会看到一个孤独的君王，站在点苍山顶，目光穿越了整个洱海。历史上的异牟寻之所以区别南诏所有帝王，是因为他与点苍山联系在一起。简言之，苍山神祠是记载异牟寻时代一座重要的原址。它之重要是因为它为南诏王朝举行过历史上最为著名的庆典，正是那次庆典改变了南诏国的命运。

现在，我们在寻访着苍山神祠，空气中充满着秋色中旋转飞来的树叶的旋律，那是秋天最后的凋零之叶。异牟寻在一千多年前，曾经被苍山神祠外漫天飞舞的秋叶改变过心绪和思想吗？秋天啊秋天，这个造就所有智者和诗人想象力的季节，是否会在一千多年以前的那个秋天，将一片秋叶飘落在异牟寻的肩膀上？是否会让那个孤独的王长叹着光阴的反复无常？

被秋色织出的苍山神祠之色中，异牟寻的踪影已远逝。风景已远逝，飘然而下的落叶已不再是被异牟寻所看见的那片秋叶。苍山神祠的石碑上刻有"敕封点苍昭明镇国灵帝神位"的字帖，点苍山的牌位出现

于眼前，无数的神韵依然可以让我们寻访到那一千多年前的庆典。

4. 庆典以后，是寂寞

庆典以后，是寂寞，是历史的必归之路。寂寞笼罩着的苍山神祠，必须迎来更多的神灵们。在大殿走廊的西壁出现了"钟馗造像碑"，我们知道钟馗是从中国古老神话中出现的神灵，他身上具有的魔力是驱除妖邪，正因为如此，钟馗来到了苍山神祠。在钟馗像的上端是清朝道光年云南提督罗思举题写的诗句，这些诗句已显斑驳，我看到了："邪魔一见，掉头而走；怯懦一见，汗下三斗。"

苍山神祠中的那次著名庆典中出现了唐王朝的使者崔佐，旁边站满了南诏的文武官员们。这次苍山会盟使南诏归顺于唐朝，之后，来自苍山会盟的第二道石契文将收藏于苍山的神祠中并贮藏于室内。

那些源于异牟寻时代的石契文如今是否仍藏于室内？苍山的四壁是最好的秘密屏障，可以不顾时间的一切风化，不顾历史的变异忠诚如一地守护着它。那个神秘的位置在哪里？它一定不会与我们的目光相遇。

那个秘密处，一定会避开时间循环不已的芒刺和风之雷的入侵，也同时避开了世间历史所旋风而起的血腥和杀戮。

它一定不会与我们渴望的双眸相遇，在层叠的碧石中央，一定会有一神奇的密室，深藏住一千多年以前的盟愿。

这神祠中的一切都是那样寂寞，这正是历久弥新的诱引：居住在此的神灵们也在守护着这寂寞，因为正是这寂寞使每一石垒、每一物都崭新如初。仿佛有异牟寻时代的无数神灵在此守候着那些不倦的盟誓。

第十四章 三十二座王陵在洱海上空飘动着

　　沿着苍山，洱海的地理区域绵延出去，我们试图寻找到三十二座王陵的秘密。但直到如今，那些秘密仍旧未解开，只有永恒的蔚蓝汹涌不息，扑向堤岸……三十二座王陵的秘密就在洱海上空飘动着，被各种声音和传说所编织的谜团终有一天会水落石出。

1. 洱海畔荡起的帝王之味

　　洱海畔荡起的帝王之味，曾激荡起云南的峡谷，那些因细奴逻而产生的第一座蒙城，创建了南诏的史迹。之后，因皮逻阁、阁罗凤而统一整个云南的狂飙之风卷息了金色的澜沧江、泥沙俱下的金沙江，还有黑郁色和暗幽色汇入的大怒江以及滇池流域、滇东北、滇南的辽阔地理区域。之后，是异牟寻的时代，那穿越时空的苍山会盟延续了大理国与唐朝的友好关系；当劝丰祐开始造塔时，佛教似乎已经开始超度洱海流域的一切苦难，塔身所涣散的神学的秘密开始公正地在洱海边云游着。南诏国以第一代王细奴逻开始了演义南诏史，传十三代王，改国号四：称大蒙—大礼—大理—大封民。迁都五王城：蒙舍城—龙于图—史城—太和—羊苴咩城。时间穿越了二百七十九年。以第十三代王舜化贞而结束。

　　大理国先王段思平从乱世中走来，在杨干贞的追杀中再次出现在洱海边域时，一个新的传说已经开始演绎了。当段思平擒拿了杨干贞，占据了羊苴咩城后，从而诞生了大理国并传十四代王，过渡到段正明

时，高昇泰继位，再之后，儿子泰明在高昇泰去世后，将王位交移段正淳。之后，王位又相传八世，1253 年，元世祖忽必烈征服云南，俘虏了段兴智。自段思平至段正明十四世，共一百五十七年，通称大理国。自段正淳至段兴智八世，又经历了共一百五十年，通称后理国。之后，是段氏十二总管，从后理国第二十二代段兴智开始，即从 1251 年开始，元军攻破了大理王城，后理国亡。

段兴智后来历任为中庆路八府总管，继续着段氏家族的历史。到了第四代段庆元改授都元帅，第七代段俊授云南省平章，第十一代段宝授奉训大夫都元帅云南左丞，第十二代段明在洪武十五年（1382 年）三月被明军攻破大理时擒获，段氏总管共计十二代，自 1257—1382 年，共计一百二十六年。

面对洱海所演义的这些风回轮转的时间，面对历数不尽的历史篇章时，我们开始面对死亡。

唯其死亡可以掀开新的篇章。只因为死亡是人世间最秘密的归宿地。然而，令历史费解的问题却始终在笼罩着洱海流域，也笼罩着历史学家的研究，当然也会笼罩着一个作家诗人探索玄学和死亡的足履。这微不足道的足履将丈量这洱海以上的区域，现在，让我们前去寻找王陵的秘密。

沿着苍山洱海的时篇隧道，我试图在历史荡漾而起的时间中，寻找到那些风中的嘴唇。当我的心被风吹拂到民间时，我知道，在那里有一种强大的力量在延续着关于帝王们的秘诀，那就是南诏大理王们的生死轮回。

2. 寻找三十二座王陵之路在哪里

寻找三十二座王陵之路，显示出了真正的风花雪月梦一样的飘浮不定。因为从唐贞观二十三年（649 年）南诏开始以来，刺破天际的传说和雾一样的死亡之谜中始终未呈现清晰的死亡之书。那一本本黑色

的亡灵之书已经被帝王们带到真正的玄虚中去，再也不肯面对我们。

我们虽然历尽时光的忧伤，却看不到帝王们告别人世后为自己造就的王陵。现在，我们在南诏历史中寻找到了"金瓶葬耳"的死之仪式：用祭司的双手割下已死的南诏王的双耳。等待这双耳的是一只金瓶，它将隐藏于密室，这属于南诏时代最古老的方式将永远保证不会让南诏王的双耳腐烂。除此之外，余下的身体将回归于火葬。从形而上学中我们看到的历代南诏王们的耳朵，像风中的乐器，潜于时间的尽头，永不会被人类的声音破译而出。

从玄学中我们看到了南诏时代的火葬仪典：它由干柴架起了空中的壁垒，散发出杉树、松柏香味。火焰升至空宇，以敞开的一束又一束死亡之花，朝着绵延深处的山峦，以火舌亲吻并拥抱过曾经生活过的故土；以最终告别人世化成的灰烬陈述哀与乐，最后将自己的肉身化为一片虚无，一片灰茫茫。

然而，火葬以后，帝王们去了何处？

人类之史除了留下卷书，也同时留下了无以计数的王陵。令我们迷惑的是，自南诏国以来的三十二位皇帝，竟然没有留下一座让我们可以看得见的陵墓。这是一个暗藏下生死玄机的谜，直到今天，奔赴而来的人类学家们一次次地寻遍了洱海流域，谜底依然悬于渊源深处。在这一幅幅生死图像中，我又回到了洱海。

枕洱海波浪所度过的一幕幕长夜中，我曾以我自己的方式寻找着帝王们的灵魂：细奴逻是我相遇到的最早之灵魂，中间远隔着蒙舍城的王法和剑一样古老的木栅栏，我已看到了他的灵魂依然在蒙舍城的山坡上拓荒练兵；皮逻阁王胸中藏着火一样奔放热烈的旋律，所以他必须用火灭六诏，他身体中的火依然在地理的版图中巡视；阁罗凤是我所迷恋之王，在我的前世，我用唇衔起的诗篇曾经来到洱海边，我深信那些诗篇中有鱼穿行在阁罗凤王的黑色袍衣下；我也曾经看见过异牟寻的死，在他垂死的时刻，正是南诏国最繁荣的时刻；劝丰祐给洱海苍山带来了永恒的佛塔，正像埃米尔·路德维希在《蓝色地中海》所写道的："耶

稣把仁慈、正义、超度和救世主从耶路撒冷的石墙上带到了加利利的花园里，从而转化了耶和华的严厉形象，令这个代表着战争、惩罚与复仇的神祇变得温和而又宽厚，甚至变成了耶稣自己的化身——一只羔羊。他不是忘乎所以，而是谦卑地把自己称为上帝之子和人类之兄。他并没有为了真理而自愿奉献自己的生命，但是他的死是如此的悲惨，如此不公，仿佛就是一种肯定并表彰他使命的牺牲。两个人性化的因素，也即他的死亡和他母亲的形象，赋予他之前任何犹太人的光辉。就在犹太人抛弃他时，他赢得了整个世界——人们相信他将带来和平。"

3. 秘密会在哪里的尘土中重现

　　大理王段思平死得那样快？我们同样无法前去追寻他的王陵，所有王者的归宿处在哪里？重回蒙舍城，这是南诏国先王的发祥之地。从茂密的松枝的婆娑声中，我们寻到了最早的先王们辞世的传奇。在这些不凡的传奇中，曾经有南诏国的五位先王，在这里告别人世，同时也告别了南诏国最年轻而迷乱的历史时期。他们的死，或许正是他们的生。所以，在他们死后，他们的双耳都在隆重的仪典中取下来。

　　每一个南诏王的耳朵都在仪典以后，被送往面朝西天的密室，这种古老的死亡习俗，仿佛会受到神灵们的护佑。而收藏双耳的密室仿佛是南诏国最阴郁不散中的另一座皇宫，它们在场或消隐，都在冥河中荡起旋律，将南诏国对于生死的态度和信念展开，隐藏了双耳，因为所有的灵魂都会在双耳中垂落，直抵冥河之川。

　　然而，南诏王们的肉身去哪里了？

　　寻遍了整座巍宝山王城的角隅，史学家和考古学家们都无法真正的寻找到王陵准确的位置。肉体最终是灰烬，然而，按照葬仪的最终目标，肉身即使化成了灰烬，也要有一方归宿之地。难道是南诏国以来最隆重的葬仪术历史，隐藏了三十二位王陵的秘密。

　　面对洱海，我们在层层叠嶂中看到忘川逝水。毋庸置疑，这些秀

丽的山川应该是三十二位王陵者们最好的王陵之地。现在，越过洱海，我们来到了弥渡，它在史书中以白崖的传奇曾经震撼过南诏先王细奴逻的心灵世界。它曾经以"南诏铁柱"的开篇，神奇地让我们看见了金翅鸟，直到如今，那曾经栖身于细奴逻肩头的金翅鸟仍盘旋于上空。在最为繁茂多姿的南诏时期，南诏先王们曾一次次驱马经过此地的密林深处，开始狩猎生活。因此，弥渡的版图曾创造了南诏王的娱乐和精神梦境的畅想曲。除此之外，弥渡境内，即白崖的诞生地，或许会寻找到王陵的一些秘密。

秘密会在哪里的一方尘埃中重现？

从洱海到滇池到底有多远？中间要途经多少座驿道，要途经多少妖邪的魔爪之地？从洱海到滇池到底有多远？中间要穿越多少风花雪月的时间，要穿越多远，才能在古滇池边被波涛拥抱？在古往今来的滇池畔，除了可以感受到昔日的南诏图像中飘荡的烟雾，也可以感受到阁罗凤披风下统一云南的足迹。著名的天宝战争击败了唐朝的入侵，之后，南诏国迎来了它的冬眠后，阁罗凤开始命长子拓宽了洱海地区，进入了滇池之畔。

滇池跃居在南诏王的梦想中，这梦想和现实一直延续到了大理国时期，使滇池畔成为政治中心，也成为历朝历代执政者们的旋转舞台。曾经，段思平从通海的雾霭中摆脱了十万追杀者，带着他的队伍来到了滇池边。当五百里滇池奔来眼底时，段思平秘密地起兵，开始了他宏伟理想的第一步旅程。因此，在风生水起的古滇池畔，也是密藏王陵之地。

4. 面对世间光轮的诡谲

王陵之地在哪里？

我们来到了在遥远的南诏版图中的"建昌府"，如今的西昌。在这个特殊的地理位置中，我们仿佛又途经了悬垂于南诏、唐王朝、吐蕃

之间的一大门。在"宋挥玉斧"的历史传记中，它为此划分出了以大渡口为界的地区，以此将大理国割舍出去。因此，西昌始终弥漫着古老的气息，它曾是南诏国的使者们经常出入之地。所以，当我们在这里寻找着三十二位王陵的去处时，我们置身在昔日的大渡河边，我们除了倾听到涛声之外，还能到哪里去寻找王陵。

春天，当剑川的石钟山呈现出千奇百态的洞穴时，从传说中闪现的石洞并没有呈现在眼前。在以石钟山而闻名的历代传说者那里，王陵应该在石洞中出现。洞穴并非像想象中的那样敞开，因为自南诏以来的王朝历尽了时间的煎熬，它们仍然以秘而不宣的姿态沉睡着，犹如一千多年已逝的历史中，沉睡着他们已逝的灵肉。

于是，一幅幅关于王陵们的图像又被卷起来了：像是皱纹突然收敛住了它们呈现的秘密，我们再也无法去寻访他们死后奔赴之乡。

再次回到了洱海，面对着洱海以上的尘埃，三十二座王陵在哪里？

三十二个帝王们的王陵或许就是这循环不已的洱海，这个玄学使洱海像一部轮回之书：在水的光圈中，我们看见了碧蓝的光圈，像鱼翅、像细奴逻胸前的灵息上升；像魔咒，给予了皮逻阁造就太和城的理念；像明镜，像阁罗凤身体中的灵魂平息了天宝战乱的哀伤；像晶莹突起、像异牟寻时代的古乐穿越了从洱海到唐朝的驿道；像经文、像劝丰祐眼睛里荡漾于空气中的神韵；像水底棋盘，像段思平创造大理国的想象力……

面对洱海，面对世间光轮的诡谲，我们似乎已经看到了被茫茫圣水所收复的三十二名王灵的水宫殿，随着昼夜兼程的波浪，我们又看到了宁静的水面，愿三十二位南诏大理国帝王们的灵魂在洱海中获得永恒的安息。

第十五章 洱海地区的世俗之神——本主

　　本主的形象来自民间。比如，白王与金姑，他们属于如今大理地区大关邑，七五村的本主；比如，南诏始祖细奴逻，他是大理地区湾桥乡保和寺所供奉的本主；比如，郑回，他是大理地区西门本主。每个本主，都供奉着一座庙宇，当我们揭开历史的幕帐时，我又一次看到了柏洁夫人、细奴逻、郑回，他们作为本主之一，永远被祭祀，永远活在人间。

1. 洱海拥有建构本主神殿的基础

任何神性都与人们的世俗生活相关。

从南诏开始，人们的神世界从地方巫教中脱颖而出，它是周游于人们足形、心形、梦形、言行中的一道光影，曾长期以魔力四射伴随着世俗生活。本主就在这样的时刻出现了，本主即笼罩人们意愿的一种神祇，在洱海流域，人们所崇拜的本主除了源于自然的图腾崇拜之外，也有对于英雄、传奇人物的崇拜。

我们知道，任何崇拜都源于我们生命活动的过程，人与龙王、龙母在幻境中相遇时，就开始崇拜龙的属性，并渴望用其生命的力量与龙的精神相遇。人类在与大自然相遇时，同时也与现实和想象中的自然生物们相遇，当虎、熊、鱼、鸡、牛、象、羊及万川流韵与人们相遇时，人类并开始发明了自然生灵们的传说，在传说中我们的崇拜之路也就开始。

在洱海流域，关于本主的崇拜有对于英雄的崇拜，比如：因斩蟒而传奇的英雄段赤城、狩猎之神杜朝选、得道老翁段隆、除邪龙的木匠等。除外，洱海地区的演变史中出世的历史人物，也是这个地区的本主，他们因各种生命奇境理所当然成为本主，比如：张乐进求、细奴逻、凤伽异、异牟寻、世隆、隆舜、段宗膀、赵善政、三姑、柏洁夫人、段思平、郑回、李宓等。这些以人为主的本主，之前在各种特定的历史中，出入于洱海山川，每一本主都拥有他们留在洱海民间的传说，民间是什么？民间就是从王城中延伸出去的自由的版图，以及从这些版图中形成的村舍、池塘、思想。民间从不受到任何体制的捆绑，也不会囿于流俗中的道德论语。在洱海，民间何其之大，是因为神造化了神秘的人类居住地的地理。

所有传奇人物都被民间接纳，最初时是风之唇衔接起来了一个又一个传奇人物的故事，从而不断地在复述中演义着这些存在的传奇。就这样，洱海边的庶民们开始自由地建构属于他们自己的本主神话。

　　建造庙宇，供奉起本主，这是他们最为神圣的方式。人类从创世以后，就开始形成并建立了诸神们的档案。每个国度和每个地区都有通往诸神的历史，不同的温度和植物、迥然不同的地理概貌造就了他们自己的神殿。

　　洱海拥有建构本主神殿的基础，从南诏国开始以来的一切历史，必然会开创一个史无前例的神祇的摇篮。因为良善的洱海人民期待着与神相遇并被万能的神所护佑。

　　建构本主神殿，是洱海地区一种从心灵中升起的纯洁而至上的宗教，这一座又一座神殿从洱海地区不同的地貌中升起。之后，不同的时间以及不断延续的时间赋予了这些神殿永恒的元素。

2. 每个本主都拥有他们的渊源

　　每个本主都拥有他们的渊源，就像水的源头。水是从遥远的源头开始了它们漫长而不倦的流程，无论它们途经多少地方，都要回过头去，看见它们的出生地。每个本主都有他们的诞生原乡，比如，白王与金姑，他们属于如今大理地区大关邑七五村的本主；南诏始祖细奴逻，他是大理地区湾桥乡保和寺所供奉的本主；郑回，他是大理地区西门本主。每个本主，都被供奉着一座庙宇。现在，一座座本主庙中燃烧着香烛，仿佛本主的源说正沿着香烟弥漫，传播着已经被历史所忘却的真实面貌。

　　一座座泥塑、铜塑在洱海的村庄中出现，它们存在已久长存于人们心灵，建立起来了俗世生活中崇高的形象。这样一来，大凡与本主有关的传说，比如，遗留于纸上的文字，都会被信奉本主的人们秘密地在庙宇中寻找到它们以此藏身之所。除此以外，每个本主都拥有自己的节日。简言之，民间赋予了庙宇中的本主以生命的意义。节日降临时，每个本主都会以自己的方式与谒拜者相遇。

　　谒拜者们在这一天都会穿上吉祥的衣装，带着神圣祭祀的礼品，前来欢庆。在洱海地区，本主庙就是世俗之神的存在之乡。对本主崇拜，意味着肉身的沉重需要超越现世的奴役。当我们进入本主们存在的原乡时，经常会看到人们与本主相见的现实：人们生病时会前去祭祀本主，当庄稼遭遇到危害时也会祭祀本主。

　　祭祀后，人们似乎已经寻找到了宽慰。在本主给予的心灵世界中，人们也在现在的时间中寻找着历史上本主的形象，他们并非是虚拟之神，他们大多数都曾以真实的面貌出现在历史中。比如，至今仍在人们心灵世界中荡漾的帝王们，他们是大理地区洱海县和弥渡县的本主阁罗凤；他们是曾经率领二十万唐军从洱海上消亡的将军李宓。

　　在今天的洱海地区，凡是有村庄升起的地方，我们的视野中都会出现洱海地区的本主庙宇，它们以各种形态出现于眼前：所有的本主庙都会立于那个地方的风水宝地上，立于凡俗者们为之挣扎的世俗之尘埃之上。自从南诏国建史以来，本主庙就影响了人们的生死理念。对于历代本主的谒拜者们来说：本主之所以神圣，是因为他们创造的传说永驻于心灵，永驻于世世代代长流于历史的时间之中。

3. 寻访本主柏洁夫人

　　本主们与历史上的传奇事件又出现在洱海地区：寻访本主柏洁夫人的故事时，我们看见了洱源西湖，它在洱海西北边升起，有清澈的弥苴河流入洱海。洱源西湖在阁罗凤时代收留了柏洁夫人的灵魂，直到如今，西湖水仍弥散着那个遥远的故事。作为南诏国时期的六诏之一的邓赕诏的第一夫人，她是这里经久不衰的本主。

　　几乎所有的地方本主都拥有一双充满穿越历史空间的翅翼。在这双翅膀的拍击下，我们会浸润于那一事一幕的开始，世上所有传奇的魔方都源于生命中充满理想的英雄主义和悲剧色彩的纠葛，所以，我们所遇到的每一位本主都与此相关。我们知道洱海地区的火把节都与火宴松明楼有关，这同样是一种祭祀柏洁夫人的方式。在火把节的庆典前一夜，洱海以上的年轻妇女们就开始采撷鲜艳的红色凤仙花朵将十指染

红，这习俗甚至在整个滇西流传。据说，火烧松明楼之下，美丽而悲伤的柏洁夫人伸出双手在残灰中寻找着丈夫的遗骸时，鲜血弥漫了十指的场景在多年以后，成为洱海妇女们祭祀柏洁夫人的一种场景。

郑回，是另一本主，在永恒的南诏历史中，郑回的历史舞台从 756 年，唐肃宗至德元年（756 年）的洱海边闪现。那年六月间，郑回以战俘的身份第一次出现在洱海畔，后成为南诏凤伽异、异牟寻、寻阁劝等人的老师。在《南诏德化碑》的碑文中我们看到了郑回的自叙：“家世汉臣，八王称乎晋代。钟铭代袭，百世定于当朝。”在郑回的自叙中，我们看到了他的家世，看到了他源自中原的血脉河南。然而，一场战争将他载入了南诏的历史传颂。是天宝战争彻底地篡改了郑回的命运，当郑回在战俘中出现时，首先是阁罗凤王看见了他。

阁罗凤凭借着一双智慧的眼神，在立于洱海畔的战俘中看到了郑回的气态，他的儒雅、忧郁都已经被阁罗凤看见。郑回从所有的战俘中走了出来，这一刻意味着他要永远地留在洱海了。也正是这一刻，使南诏拥有了儒学文化的传播大师，拥有了南诏历史上最优秀的清平官，因为郑回——南诏国历史上演变出了异牟寻时代的苍山会盟；因为郑回——太和城耸立的南诏德化碑将历史上南诏最悲壮的事件展现在世界的面前；因为郑回——我们今天可以面对南诏德化碑，无论是艳阳高照还是细雨弥漫，我们的心灵都能在一曲曲旋转的哀歌中回到一千多年前的南诏。所以，理所当然的郑回成了洱海地区的本主。

4. 本主们所获得的永恒

本主们所获得的永恒，证明了洱海地区至死不渝的在遵循着人类生活的传统习俗——神化内心的信仰。

本主庙宇创建了洱海地区的一种独特的神学符号。它不会被时间所改变，我们乘着蒙蒙细雨不时地会被一座又一座本主庙所吸引过去，本主庙矗立于洱海地区带着祈祷和希冀的心灵之乡野，尽管历朝历代的

烟雨蒙蔽了岁月，许多人已经在时间中逝去，许多新面孔又开始出现。有一种不朽的现象却存在着，本主庙依然按照人们心灵所延续的神祇之路永世存活于广大的洱海地区。哪怕是一次次历史的战争与颠覆也无法摧毁本主庙宇。也许，这就是心灵的潜在力量，因为被洱海地区的民间所祭祀的本主是神秘的。

神秘的本主金姑的传奇环绕在与南诏王细奴逻通婚的路上，从洱海到蒙舍的路到底有多远，他们又为什么相爱成婚？这都是神学的符号之一。

神秘的本主李宓大将军出现于天宝战争，他的死像是缔结于洱海地区的一份亡灵之书，经久不衰地以悲壮之谜复述着沉水时的哀歌。这曲哀歌撼人心魄，成为叩击在人们心灵中的旋律之一。

神秘的本主阁罗凤以南诏历史上惊世骇俗的勇气，创造了南诏国的喜与忧，创造了最伟大的历史。这历史成为洱海地区本主史上最神秘的颂唱。

神秘的本主异牟寻与苍山神祠和贞元会盟结束了南诏与唐王朝的纠葛，创建了南诏历史上最繁荣和稳定的时期。被异牟寻所滋生的南诏王的传奇构成了神意的本主符号，长久地影响着整个洱海的历史。

神秘的洱海地区以建造庙宇的方式收留着每一位本主们的灵魂。

虽然灵魂是虚无缥缈的，灵魂却总是与我们四处相遇。

从神学的意义上讲，洱海地区的民众们在时空的穿梭中，寻找到了一种独特而神圣的方式与自己内心的神灵们见面。建构本主庙，逾越了肉身的短暂，将灵魂贯彻于庙宇的存在中，以此方式，谒拜自己内心的神，从而也繁衍了神性的历史。

历史是神学的一部分，每一种动人心弦的历史，后来都会在缅怀中进入神学之路。洱海地区每一座本主庙宇，都在与亲切的怀念回到历史最真实的一刻，正是那荡气挥舞的一瞬间，铭刻在人类的记忆深处，保存了本主庙宇的神学符号，就这样世世代代地被人们所祭祀传唱。再也不可能从洱海地区的心灵史中脱颖而去。

第十六章　从洱海上空升起的永恒佛塔

大理三塔最大的宝塔，有 90 米的高
度（千寻塔总高实为 62.4 米）1930 年

　　造塔的理想在南诏时代已经开始升起。崇圣寺三塔，世界著名之塔。随同一阵阵细雨来临，它曾经在1872年的一场灾难中被摧毁过许多内部的结构，犹如个人的身体曾经遭遇刀和剑的伤害。尽管如此，佛塔却拥有一种不易被历史所篡改的容颜出现在我们面前。证明佛塔永恒不变的规则的是在时间的变迁中，入侵人类历史的灵魂精神，它仿佛佛塔上空明澈的彩云，维护着人类最高的荣耀和最为慈悲的命运。它伴随着洱海以上的一切世俗生活，因为众生而再现出了探索真理的虔诚、和谐、博爱的道路。

1. 崇圣寺三塔的神意弥漫

　　洱海边升起的崇圣寺三塔与其塔身中被时间和神圣所塑造的力量，塔体玄妙华丽而壮美，很显然，这是人类生活与精神顶礼膜拜的神址。这个源自南诏丰祐时期的三塔位于现在的大理城西北外的点苍山雪峰下，距洱海三公里。关于三塔有如下记载：据《南诏野史·丰祐传》载："唐敬宗乙巳宝历元年（825年），重修大理崇圣寺成。先是王嵯巅广寺基方七里……佛一万一千四百，屋八百九十，铜四万五百九十斤。（宪宗）元和十五年（820年）经始，至是（敬宗宝历元年）工竣。"最早记载崇圣寺三塔的文献有宋代的《太平广记》："唐乾符二年（875年），韦陀将军童真告宣律师曰：西洱河袤百里，广三十里，中有洲岛古寺，经像尚存，无僧住持，经文与人同（与汉文卷相同）。时闻钟声，百里殷实，每年三时供养。古塔基如戒坛，二重塔上覆釜，彼土诸人见塔每放光明，即以素食祭之，求其福祚也。"据明万历《云南通志》载："崇圣寺中观音像，高二丈四尺，唐蒙氏董明善者，吁天愿铸，是夕天雨铜，无欠无余，仅足铸像。"元初郭松年的《大理行记》中记载："（苍山）中峰之下有寺焉，是为点苍神祠，亦号中岳。中峰之北有崇圣寺，中有三塔，一大一小，大者高二百余尺，凡十六级，样制精巧。"元代李源道《大崇圣寺碑铭并序》中有记载："寺在郡之点苍山

下，蒙氏所创也。三塔峙立，金碧交辉，巨丽与山埒。"明末《徐霞客游记·滇游日记》中写道："是寺在（苍山）第十峰（按即雪人峰）之下，唐开元（成）中建，名崇圣寺，前三塔鼎立，而中塔最高，形方，累十六层，故今名为三塔。塔四旁皆高松参天，其西由山门而入，有钟楼与三塔对，势极雄壮。楼中有钟极大，径可丈余，而厚即天，为蒙氏时铸，其声闻可八十里。楼后为正殿，殿后罗列诸碑，而中溪（按即李元阳，字中溪）所勒黄华老人书四碑俱在矣。其后雨铜观音殿，乃立像铸铜而成者，高三丈。"

崇圣寺三塔在各种人文地理文献记录中，都敞开了一片属于洱海的圣境。

这圣境破开了洱海上的水雾，迎着崇圣寺三塔的圣境而来的人们络绎不绝，朝圣者的目光充满了无限的虔诚。就这样，我们也来了。崇圣寺三塔互相环绕的神意，已经延续了一千多年。在这漫长的千年时间里，三塔已经成为洱海地区一个不可缺少的神祇，再也没有任何力量将它剥离出去。

2. 神秘的南诏国图

在南诏大理国的造塔影响之下，在大理国时期出现了《南诏图传》中的"观音幻化，南诏立国"的故事，这部画卷出世于南诏中兴二年（899年），《南诏图传》从佛教的源头开始，以漫长的历史画卷铺展出了南诏国神秘的创国史记。

在以神秘观音来幻变的《南诏图传》中，我们拂开了南诏的国史。第一幅图传在起伏着野草的巍山脚下，先王细奴逻出现在画卷中，这意味着南诏国神意弥漫中的初始。细奴逻遇上了一个梵僧前来乞食，这其实是观音的幻象，无所不在的观音前来面对细奴逻，面对未来的洱海之王，面对一个创造历史的时刻，观音从而看到了细奴逻的仁慈，在慈悲为怀的观音世界里，仁慈是世界的最高情感；在第二幅图传中，无所不

在的梵僧越过了山脉、坡地、水池，这个梵僧替代神圣的观音寻找着万物世界的和谐和虔诚；在第三幅南诏图像中，正在云游山川地理的梵僧带领我们突然间看到了巍山蒙舍城的山顶，这是隆重的时刻，梵僧坐在一块巨石上，代表神圣的观世音再一次观察着世界在万变中的和谐；在第四幅南诏图像中，梵僧又回到了凡俗中，因为在磐石而坐的时间里，梵僧已经获得了神力，当梵僧的身体上升于空中时，一个叫王乐的村里人正在为梵僧的身体火焚。火焰飘至空中，灵魂已入云层，而余下的骨灰，已被置入体钵，仿佛置入了一种神秘的时间，随后汇入了神秘的江河水飘落而下。尽管如此，梵僧却用凡人无法想象的力量超越了江河山川的险恶和束缚，在刹那间用难以置信的力量再次恢复了原形；在第五幅南诏图像中，梵僧突然在神秘中披裟而去，此刻，梵僧所追赶的是眼前的一座高山，在空气中，梵僧又一次随着雄峻的远山而去；在第六幅南诏图像中，无所不在的梵僧又一次出现在一些部落，梵僧独自往前走，没有任何人认出了梵僧的身份，也没有任何人与梵僧结缘，就这样，梵僧又回到了云空中去。再以后，梵僧便幻变成了阿嵯耶展现在凡尘者的人间。

以始祖细奴逻为首的图像出现在南诏图传中，自细奴逻遇上观音以后，就遇上了神力。除此之外，《南诏图传》中还出现了祭南诏铁柱图，这是南诏命运的开启之日。细奴逻在白崖，即白王先世开国受封的发祥之地，举行了史书上列传的"当唐贞观之世，张乐进求以蒙舍酋细奴逻强，遂逊位焉"的时刻。我们看到了图传中以此祭铁柱的仪典，同时已经接受了命中的历史：细奴逻在祭南诏铁柱的那一天，已经掌握了改变历史的秘诀，同时接受了上苍赐予他的良好的机缘。

3. 沿《大理国梵像卷》的命运

《宋时大理国描工张胜温画梵像》，也称《大理国梵像卷》，是由大理国的宫廷画师张胜温完成的。这部画卷约33米长，画中人物共

637人。画卷以第一部分"利负皇帝礼佛图"，第二部分所绘出的诸位佛菩萨、金刚罗汉、天龙八部、中土禅宗法系及大理国高僧，第三部分绘出了天竺十六国王众。画卷展示出洱海流域的佛教世界。画卷出世以后，频繁的战乱就开始笼罩着大理国。

深藏它的宫殿面临着战乱的入侵。画卷一次又一次地面临着遗失或者被劫持，这是许多艺术作品在乱世中最终的命运。那一年，当忽必烈的蒙军以不可阻挡的力量席卷进洱海地区时，画卷的命运已经开始演变。从隐藏的密室中，画卷已经披露出了一幅幅梵像中的线条，那些金色的暖调是画家喜欢的色泽——铺满了整个漫长的画卷。我们很难猜测，置身于大理国利贞皇帝段智兴时代的张胜温，是在什么样的艺术情绪笼罩下，创造了令后人今世所震惊不已的旷世之作。

张胜温画卷在忽必烈征服洱海地区以后消失了。当整个羊苴咩城宫陷入战栗和喘息之中时，失去画卷是必然的。历史没有任何记载，在混乱中是什么人从王宫的密室中带走或者盗走了画卷。当然，有一点是毋庸置疑的，让它消失者，必须是一双手，必须是一个人。

这个人必须了解画卷的永恒前景，了解画卷的神秘和艺术的绵延性；另外，这个人必须了解大理王宫的布局和密室；除此之外，这个人必须有智谋和勇气，在迷乱和刀剑中开始逃亡。许多年以后，张胜温画卷出现了。这已经是明朝初期的一天，江南地区天界寺的住持德寿在一个十分偶然的日子里发现了画卷的存在，他追随而去用重金即刻买下了画卷。自此以后，四处漂浮不定的画卷便寻找到了暂时的避难所，藏于寺院中。尽管如此，无穷尽的战乱和变革依然遍及全世界。1448年，画卷注定要卷入并漂流到一场来势汹涌的洪灾中去，即使是神秘的佛祖也无法护佑并改变它的命运。画卷随洪灾漂泊到了一条大河，后被巨浪推上岸。然后，它又回到了民间收藏者手中。

尽管如此，自从画卷离开洱海地区以后，画卷已经失去了原来的模样。由于战乱、洪灾、时间和颠倒一切的时空以及被这时空所带来的一切磨难，它不得不失去昔日的光泽。由此，画卷不得不分类成册，它

在清王朝时又从民间重返宫殿。

在一个不断被历史的妖术所改变的世界里，或许，只有宫殿深处被阴晦、时间和侍卫所守护的密室才可能藏下它神秘的容貌。在清王朝的王宫，乾隆皇帝看见了这来自彩云之南洱海边的巨幅画卷，并视它为珍宝。所以，在皇帝的注目下，画卷便划分为《蛮王礼佛图》，这一册充分展现出了段兴智时代大理国的一系列活动。另一册《法界源流图》则概括了佛教的世界。

在清王朝历史的演变中沉沦不息的画卷中的《法界源流图》，后来跟随离宫以后的溥仪离开了宫殿，先是到了长春，随同溥仪的命运在挣扎。后来，它终于被吉林省博物馆收藏，终于结束了逃亡之生涯。《蛮王礼佛图》，或许是被另一个逃亡者兼收藏家带到了台湾，后来被台湾故宫博物院所收藏。当我们今天重温两册画卷时，内心仍会荡漾不息。《大理国梵像卷》中隐藏着令世人惊叹不已的艺术之美。《法界源流图》所展现出的天龙八部以及"释迦牟尼佛会图"，使我们看到了画家的艺术境遇。《蛮王礼佛图》揭示出了从遥远的南诏国开始，佛教在洱海地区的流传方式，而历代帝王们与妙香佛国融为一体的场景，在今天似乎仍历历在目。

4. 神秘的法教寺终于跃在眼前

在洱海地区还流传着云南最早的佛教典籍，它就是南诏大理国写经。当我们翻拂南诏安国圣治六年（唐昭宗乾宁元年，894年）的《护国司南抄》时，我们会看到历史上发现最早的南诏大理国写经。古风弥漫的洱海边为何隐现出如此神秘的写经事件？这个漫长的秘密使我们开始又回到了洱海的佛教历史中去。

当佛教密宗阿叱力教派在历史上了产生了供养设殿、诵经念咒的神圣仪式以后，在洱海地区出现了以天竺僧人布教的佛教密宗者们已经开始以"译咒翻经、开建五密坛场"，这些佛教背景中与焚僧弟子的大

姓阿叱力的"通释习儒""唐、梵之字靡不勤习"互为联系。于是，一种神赐的力量，形成了洱海地区从南诏大理国直至元明各代的阿叱力僧人们，以传抄佛教密宗典籍来弘扬宗教。

这些手抄经文出自佛教密宗阿叱力教派僧人们之手，在僧人们翻译、传抄、撰写的经书中，以三藏经疏、仪轨忏文，这些写在纸卷中的经文汇集而成——南诏大理国写经。宋绍兴丙辰六年（1136 年），大理国派遣使者杨贤、彦贲等人入宋朝，进贡的国礼中就有金银书写经品《金刚经》三卷，金书《大威德经》三卷。这些来自洱海边的写经品不仅开创了云南最早的佛教典籍——南诏大理国写经，而且还影响了中原的佛教文化。

此外，在大理国写经典籍中还有另一种语言存在，它就是源于洱海地区的白蛮语，这种从本民族游移而出的地方语种与汉语同时进行着。在漫长的语词字改革中寻找到了白文的符号学，所以，在大理国写经中同时出现了用汉、梵、白三种语系的写经书，这一奇特的佛教典籍史话，使佛教密宗阿叱力教派成为最显著的传奇之一。

沿洱海的波浪，我们会寻找到去大理凤仪北汤天村法藏寺的路线。风，再一次地激荡起我们的视野，神秘的法藏寺终于跃起在眼前。据法藏寺旁的董氏宗祠内《董氏本音略叙碑》记载，出现在我们面前的北汤天村，曾经是著名的佛教密宗阿叱力大姓董氏的出生地。董氏自南诏以来，以相传 40 余代的神力，造就了历代的高僧曾封为国师，是南诏大理国以来最有影响力的阿叱力世家。

我们也来了，北汤天汤法藏寺就在眼前：一束束落日前夕的光泽垂照于它的瓦砾，历千年而保存下来的经书收藏之地，显现出无限的沧影。这里曾经是被明成祖封为"国师"的故地。御书"金銮宝刹"与"国师府"匾额就悬挂于法藏寺。在阵阵秋风的呼啸声中，我看见寺院中的金色秋叶在旋转在旋转。

第十七章　历史中的谷物、货币和路之传奇

在如此漫长的洱海水岸线上，我们往上走，会寻找到洱海以上的村庄，当古老的南诏大理国在历史上湮灭以后，人类的史篇却永远地记载了那些历史上曾经的繁荣和灿烂。洱海像是一张历史的镜片，一次次映现出了逝去的秘密以此照耀出了将来的秘密。沿着洱海往上走，我们复述着从洱海升起的谷物、货币和路之传奇的历史。

1. 谷物是洱海的基本弓弦

谷物是洱海的一部分，而且是洱海生命中最显著而日常的元素之一。

漫卷过来了，这一次不再有杀戮和血腥弥漫的消息。我们的心灵，受到了召唤，于是我们透过漫卷看到了另一个世界。在《蛮书》中我们拂开了："蒙舍川……肥沃宜禾稻。"同时我们也依稀看到了通过时间的篇章所记载的农业史迹，这是唐右武将军梁建方在《西洱河风土记》中被铭刻的："其西洱河，从巂州西千五百里。其地有数十百部落，大者五六百户，小者二三百户。无大君长，有数十姓，以杨、李、赵、董为名家。各擅山川，不相役属……其土有稻、麦、粟、豆、种获亦与中夏同，而以十二月为岁首。"很显然，在洱海出世以后，各种古部落就开始前来护佑洱海，或者被辽阔的洱海所护佑。在以稻、麦、粟、麻、豆、黍、稷等所编织的谷物生态中，我们看到了洱海地区的农事书。

　　水稻早就在南诏大理国之前就已经出现了。我们透过一只藏于云南元谋大墩子的彩陶，已经能够触摸到三千多年以前的粳稻。也就是说在南诏国先王细奴逻的时代，水稻就已经成为洱海地区的主要谷物。依据这一现象，我们可以凭眺到住在巍山的蒙诏王带领民众开耕荒地时的场景，在被水溪所环绕的坡地上，谷物已经按照各个节令自由地生存着。我们可以凭眺到南诏大理国的农事风貌，那些曾经被各路诸神所激荡的沃野，曾经以"每耕田用三尺犁，格长丈余，两牛相去七八尺，一佃人前牵牛，一佃人持按犁辕……"的世界出自樊绰《云南志》卷七《云南管内物产》。

　　除此之外，我们随同洱海地区的现在时，可以看到南诏时期的蔬菜园圃，如今盈盈于眼前的葱、韭、蒜、菁，已经在《西洱河风土让》中被唐右武将军梁建方所记载过。此外萝卜、丝瓜、冬瓜已经在南诏国出世。以凭眺的目光透过洱海地区的现在时，我们看到了南诏大理国时代的果木，那时,《西洱河风土记》中记载了："果则桃、梅、李、柰。"柰就是现在的沙果。洱海以上已经被五谷、蔬圃、果木的世界所占据，这是神创世的布局和愿意，人顺从于神的布道，并且接受了神的安排。

　　凭眺着洱海，这也是神创造的洱海，神创造了洱海以上的全部历史。创造了谷物缔结了食物，创造了蔬圃产生了颜色和微量元素；创造了果木悬于空间，从而用果木的青涩和成熟来检验四季的轮回。

　　凭眺着洱海，谷物、蔬圃、果木依傍着洱海的风水在生长，依傍着世世代代的农事繁殖着洱海岸的沃土。

2. 从南诏货币开始的海币

　　南诏货币——首当其位的自然是海币，它有着细小而玲珑剔透的体积，因为它可以随身携带，并且藏于衣饰间而有名，虽然当时，南诏国因缯帛、盐币、黄金货币已经占领了市场，然而，贝币，即海币，这种从海洋和湖泊中提炼出的币，在遥远的时空中，以商品的、商业的流

通方式来到了洱海边。洱海因为造就了南诏大理国王城，也就造就了商品、商业和商务往来。一个地区矗立而起的王城会将全世界的目光吸引过来。世界制造了货币，同时也诞生了商业。贝币流通了南诏时期的商业生活，20 世纪 70 年代，维修崇圣寺三塔时，在塔身中发现了南诏时期无以计量的贝币，它们出现在了以收藏经书而闻名天下的塔身中。这些大小不一的贝币仿佛让我们领受到了大海湖泊的蔚蓝。正是这些神秘的蔚蓝提炼出了被魔法推开的贝币。

　　众多的云南海币，应该是从印度洋马尔夫群岛以及被印度洋所环绕的东西亚国家临海区域上岸的。当它随同辗转反侧的商品和商缘来到洱海时，洱海便参与了世界通用的贝币流通术。

　　这些出入于南诏大理国时期的贝币们，并不会受到时间的侵蚀，在它完美练就的贝身中潜藏着奇异的花纹，其肌理的神奇很快就融入了洱海之波纹。此外，它所具有的流通价值已经超越了洱海地区，并不断地出入于南方丝绸古道，同时也流通了滇池边域。

　　在较长的时间里，贝货循环于南诏国经久不衰的贸易生活，它以贯彻商业纽带的穿透力，既可以游历于洱海的深水中，也可以穿越水面，前去会见更神秘的商机。

　　当马可·波罗以贝币般的水上陆地漂泊奇境，来到云南时，他惊讶地看到从海上漂来的贝币，就像他的漫漫长旅充满了可以言说的或不可以言说的奇境。在大理国后期，贝币已经占据了云南的贸易市场，并以其稳定的地位赢得了它最为显著的位置，而且随着南诏国以后的历史、政治、经济的变换，贝币的形式经过争议、时间的历程以后到达了完美的境界。

　　此外，缯帛作为一种纯粹的云南币也同时出世。它是南诏的"施蛮""顺蛮""望蛮""茫蛮"等地进行巫术文化而发明的货币。其色泽有红色、白色、黑色，在古老的时代，这些彩色各异的缯帛最初被蛮族中嵌入头饰和衣饰间，成为巫术仪典中的标志。与此同时，盐币也被住在高山峡谷地区的部落民族所发明使用，在马可·波罗的游记中曾出

现过盐币的熔炼术，当这位从海洋中漂泊而来的探险家，突然发现从各种巫术咒语和温度熔炼成块状的盐币时，内心十分惊喜。在大理国时期，盐币已经被体制所牢固地监控起来。

自洱海边产生货币的那一天开始，这个被苍山拥抱的盆地就已经长出了文明的触角，这些水边的触角一旦碰撞到另一种潮流，它就必然引来外域者的目光。与此同时，洱海岸上古老而灿烂的王城，也在践行着诸神的梦想，这座古老的城池不仅拥有心灵和历史的熔炼术，自然也会拥有通往世界货币的熔炼魔法。

3. 一条条古道破洱海而上

南诏时期已经统一了整个云南，这是一条被温带、热带、寒带所穿行的道路。洱海之所以拥有漫漫史迹，是因为拥有南诏大理国演变的历史。由此，我们才会寻找到由这种历史轨迹所开凿出来的道路。回顾整个世界历史，无论是亚历山大、恺撒，还是秦始皇、成吉思汗和毛泽东，在创造历史的同时也是用生命开凿道路的历程。从南诏大理国开始，洱海边延伸出去的古道在 21 世纪的今天早已变成了国家级的高速公路。尽管如此，那些被羊皮纸书所记载的路，又让我们寻访到了那些从羊苴咩王城穿越出去的路线，这些用最古老的双手和铁器拓开的道路中，出现了第一条从洱海畔出去的路，它就是清溪道。拓宽这条路线的也许是水鹤，在一阵苍茫的鹤唳声中，从羊苴咩弥漫出的一阵旋律声被鹤唳带到了云南驿、姚安、西昌，这是一条通往唐朝剑南西川节度使镇的古道。其中，像《蛮书·云南界内途程》所说：成都府至云南蛮王府、州、县、馆、驿、江、岭、关、塞，并里数计二千七百二十里。其次，是石门道，此道依然被空间拍击翅膀的水鹤引领，出了羊苴咩王城再出龙尾城、渠蓝赵、波大驿、云南城……石门，是一重要的古道，也是一条艰险之道。从《蛮书·云南界内途程》记载中，我们可感受到一条道路的全部隐喻："石门东崖石壁，直上万仞，下临朱提江流，又

下入地中数百尺，惟闻水声，人不可到。西崖亦是石壁，傍崖亦有阁路，横阔一步，斜亘三十余里，半壁架空，欹危虚险……上下跻攀，伛身侧足。又有黄蝇、飞蛭、毒蛇、短狐、沙虱之类。"其次，是黔州道与邕州道。这条古道从昆明城出发分为水陆两路，最终抵达长江边缘。其次，是永昌古道。在《新唐书·地理志》中出现了这样的记载："羊苴咩城至永昌故郡二百里，又西渡怒江至诸葛城二百里，又南至乐城二百里，又入骠国经万公等八部落至悉利城七百里，又经突易城至骠国西千里，又自骠国西渡黑山至东天竺迦摩波国千六百里，又西北渡迦罗都温罗国四百里，又西至摩羯陀国六百里。"其次，是吐蕃道。《蛮书·云南城镇》记载道："铁桥城，在剑川北三日程，川中平路有驿。贞元十年，南诏异牟寻用军破东西两城，斩断铁桥，大笼官已下投水死者以万计。今西城南诏置兵守御，东城自神川以来半为散地。"在此书《山川江源》中也有这条古道的地理状况："大雪山在永昌西北，从腾充过宝山城，又过金宝城以北大赕，周回百余里……其山土肥沃，种瓜瓠长万丈，冬瓜亦然，皆三尺围。又多薏苡，无农桑，收此无粮。三面皆是大雪山，其高处造天。往往有吐蕃至赕货易，云此山有路，至赞普牙帐不远。"从这些珍贵的记载中，由洱海水面上一群鹤唳的牵引声中，一条条古道升起在水之上。在风生水起的波涛中，洱海通过古道寻找到了人类创造文明和历史的履历，并将自己融入历史在不同时代的兴衰和荣辱中去。

4. 漫漫古道的忧郁和生死之谜

晚秋中出现的洱海依然是我们人类版图中一个巨大的象征符号。此刻，关于古道的传说中出现了从南诏到骠国以及去波斯的路线。在缅甸东部地区，漫天盈动的热带植果地理中，出现了掸人，这个地区称为骠。在南诏国的贸易之门敞开时，当时的掸国王就勇敢而秘密地编织着与唐朝和南诏国的关系。

　　编织中的彩带来到了洱海王城同时也飘荡到了唐朝。从洱海边拓展出去的道路可以寻觅到南诏王的理念，南诏王曾经用不可磨灭的锁链控制住他所统一的地区，而骠国离洱海又如此的近，阁罗凤打通通向骠国之道，使我们在若干世纪以后可以通过《缅甸史》所复述的场景："……循伊洛瓦底江为一道，循萨尔温江一道，尚有一道循弥诺江经曼尼坡乘马需三月至阿富汗。商人以中国丝绸等名产品换取缅甸的宝石、翡翠、木棉，印度的犀角、象牙和欧洲的黄金等珍品。"于是，从唐朝远足而来的商人，以及从南诏国出发的僧侣们，会在奔往骠国的路上相遇，犹如《蛮书·云南城镇》中展现的："银生城在扑赕之南，去龙尾城十日程。东南有通镫川，又直南通河普川，又正南通羌浪川，却是边渔无人之境也。东至送江川，南至邛鹅川，又南至林记川，又东南至大银孔。又南有婆罗门、波斯、阇婆、勃泥、昆岑数种外道。交易之处，多诸珍宝，以黄金、麝香为贵货。"此外，通往波斯的路也在贸易中出现，古今中外之路，都是在历史的征服和贸易的进程中出现的。历史是依据于时空的穿越开辟出来的，剑和血雨可以开拓出一片密林，可以抵达大海；与此同时，自然之物也可以以自己的身份和风格征服世界。据文献记载，南诏大理国时期的麝香、胡羊、长鸣鸡、披毡、云南刀、药草、锦、缯、豹皮等同样走出了洱海，开始了贸易之路。各种各样的古道中同时出现了波斯、缅人、昆仑人，他们来到了洱海，被这片奇异的地域所征服。

　　贯穿整个洱海流域的古驿道曾经以驿馆的方式，显现出那些路的神秘，当我沉浸于《蛮书·云南界内途程》中时，苍山顶最黄的那片秋叶飘至眼前，仿佛在叙述着："……从贾勇步登陆至矣符馆一日，至乌给一日，至思下馆一日，至沙只馆一日，至南场馆一日，至曲江馆一日，至通海城一日，至江川城一日，至晋宁馆一日，至拓东城一日。从拓东城至安宁镇一日，至曲馆一日，至沙劫馆一日，至求赠馆一日，至云南驿一日，至波大驿一日，至白崖驿一日，至龙尾城一日，至羊苴咩城一日。"这段被早已发黄的《蛮书》所记载的路之谜，是从安南至羊

苴咩的驿道所变幻的路线。在那片秋叶的旋转声中，漫漫古道的忧郁和
生死之谜都似乎被洱海收藏了。

传教士的两条驴子在湄公河上过桥
大理到亚平（漾濞）的路上
1930—1940 年

第十八章 关于洱海新风花雪月

洱海新风花雪月就是 21 世纪的现实。在洱海沿岸，我们看到并寻访到了来自一座古老历史之岸的新的风貌。在这里，繁荣而神秘的洱海畔就像一个美丽的星球，不仅延续着它弥久历新的历史，也用它的怀抱兼容并拥抱着新的潮流。越来越多的外来人前来与洱海赴约，只为了寻找传说中洱海的风花雪月。就这样，我们也来了。

1. 回顾洱海地区的文明史迹

我们也来了。回顾洱海地区的文明史迹，我们一次又一次地回过头去，以此看到的是从细奴逻而荡开的洱海波浪，这些波浪绣出了洱海的遗梦。从这些块状的、微火阑珊中的细语中我们又一次被推波逐浪所震撼。回顾文明和历史的进程，有一种基本的倾向让我们伤感而清楚地看到了这样的现实：许多从地平线上升起的帝国毁灭于人类之心所发明的刀剑之下。尽管如此，许多帝国毁灭了，在辽阔地平线上升起而繁衍的民族却不会消亡。他们留下来了，一小粒种子就会让这些民族创造天下的粮仓，一座水池则会滋养天下的精灵。就这样，许多帝国从历史和时间中消失之后，人文自然地理依然存在着。所以，南诏大理国消亡以后，我们的洱海依然存在于人类的视野之中。

洱海岸上的历史现在被新的文化现象浸滋着，埃米尔·路德维希早就在写《蓝色地中海》期间看到了这种现象："罗马人、犹太人甚至

美洲印第安人都没有被消灭。胜利者往往会和被征服者结合，吸收他们的人口和传统，经历一个逐步转变的过程。在这一过程之中，历史学家会用一条水平线来标出一个新时代。在文化生活中，一种新思想有时会意外产生一种有创造性的效果，单凭一位学者或诗人的头脑就能促成一个时代的结束和另一个时代的兴起。但没有哪个征服者能够做到这一点，即使是整个民族的迁移也不可能。"

洱海留下来了，许多帝国的征服和消亡都不可能使洱海从这个世界上消失，这是一个永恒不变的基本规则。作为洱海的人文自然地理符号仍然在此创造着新的历史和奇观。

洱海进入了它的 21 世纪，我在这个繁枝叶茂的版图中往前走，仿佛有一种年轻的旋律带领我往前走。整个的洱海除了拥有原有的自然生态之外，还被一个巨大的奇观所笼罩，洱海地区不再囿于它地理的局限，它已经被全球旅游者所看见。

倘若我们乘着神秘的翅膀迎空而上，地理的江河山川是那样近，就这样，一面镶嵌于世界地理版图中的明镜，占据着独一无二的苍山之下的葱茏的盆地，占据着盆地中长约 42 公里、东西宽 4～9 公里，常年湖面积 250 平方公里，占据着世界奇观中的水的传说。我们会吟诵洱海曾经有过的水名，从叶榆泽、西二河、昆弥川、洱水、西洱河、珥水、弥海等，而当我们趁着晶亮的翅膀下降到湖畔时，我们会猛然间被洱海新的姿容所拥抱，这就是洱海用其魅力召唤全世界的纯原生态的自然和浪漫于一体的精神，这也就是洱海的新风花雪月的世界。

2. 关于《南诏奉圣乐》的历史庆典

在长约 42 公里，东西宽 4～9 公里，常年湖面积约 250 平方公里的洱海之畔，居住着从古老的历史中繁衍下来的先民们的后代。正是这些洱海的百姓陪伴着美丽的洱海，并以时间的进程被洱海所养育着。洱

海畔，依然是物事的一轮轮辗转，在我们面前，农田依然被粮食果木的轮回所笼罩。水利、耕植、作物品种是洱海之上自然的魂灵，这魂灵曾相伴历代南诏大理国的文明史记，使那些繁荣的史事中盈溢着芳香、芳草、芳心、芳名、芳菲、芳龄，这也正是于洱海永不消亡的秘密。现在让我们倾听洱海之波涛，并前去倾听一曲曲古老的音律。远在南诏时期就已经产生了洱海地区独特的宫廷乐舞，即《南诏奉乐舞》。

洱海畔在经历了南诏异牟寻弃蕃归唐后，创造了《南诏奉乐舞》这批从洱海边走出去的乐队和歌舞者，他们是历史上表现洱海地区歌舞言律的使者，在《新唐书·骠国传》中我们寻找到了纯洱海的记载："异牟寻遣使指韦皋言，请献夷中歌曲，且令骠国进乐人。于是，皋作南诏奉圣乐，舞南诏奉圣乐字……凡乐三十，工一百九十六人，分四部。一龟兹部，二大鼓部，三胡部，四军乐部。舞者服南诏衣，绛裙襦，黑头囊，金个法苴。"这批古老的歌舞团队逾越了洱海，首次将这个地区的宫廷歌舞带到了唐朝。我们可以看见那些壮观的乐队，直到今天，参加《南诏奉圣乐》的乐器依然是洱海地区的主流乐器。那些显现在唐王朝的乐器有羯鼓、揩鼓、腰鼓、短笛、拍板、横笛、大铜钹、竖箜篌、笙……这些杰出的乐器出现在唐朝的舞台上。在巨大的歌舞中，二百七十一人演唱者们穿着纯南诏贵族服装进入了唐朝乐舞的历史。骠国的音律与南诏结合，将神秘的西南边陲歌舞音乐从洱海带到了京城。唐朝伟大的诗人白居易用诗《骠国乐》记述了诗人的感受：

骠国乐，骠国乐，出自大海西南角。

雍羌之子舒难陀，来献南音奉正朔。

德宗立杖御紫庭，簧纩一击纹身踊。

玉螺一吹椎髻耸，铜鼓一击纹身踊。

珠缨炫转星空摇，花蔓抖薮龙蛇动。

曲终王子启圣人，臣父愿为唐外臣。

左右欢呼何翕习，至尊德广之所及。

　　　　须臾百辟诣阁门，府伏拜表贺至尊。

　　　　伏见骠人献新乐，请书国书传子孙。

　　南诏歌舞出自洱海流域及云南众多的夷中歌曲，这些来源于云南边地和骠国的歌舞者们，在唐王朝的舞台上，头戴金冠，铜冠，身披手工绣制的五色彩衣，创造了云南历史上歌舞的奇观。当一百四十多人的舞者用队列排成"圣超千古，道泰百王，皇帝万岁，宝祚弥昌"的十六字时，那一年，《南诏奉圣乐》的艺术表演震撼了京城，其神秘歌舞充分展现了南诏国在异牟寻时代归顺于唐朝的心情。

　　《南诏奉圣乐》出自浩荡的洱海，它汇集了除夷中歌曲之外的民间流传的歌舞，这些采用多种乐器、歌手、舞者所形成的由二百七十多人组织的队伍，曾经在异牟寻时代，从洱海出发。现在让我们抬头眺望那些乐器的组合：你是否已经看到了箜篌、笙、五弦琵琶、短笛、横笛、铜绕、铜钲这些乐器途经洱海时的喜悦？你是否已经感觉到耳畔回荡不已的是一千多年前洱海地区创造了《南诏奉圣乐》后的庆典之声？神秘的南诏妇女们已经穿上了盛装，这是出自《蛮书·蛮夷风俗》中的盛装："妇人一切不施粉黛。贵者以绫锦为裙襦，其上仍披方幅为饰。两股辫其发为髻，髻上及耳多缀珍珠、金贝、瑟瑟、琥珀。"

3. 环绕洱海走一圈

　　洱海的文明进程将我们带到了 21 世纪的现在。环绕洱海走一圈，你可以看到梦幻中曾经看到的鱼群，这是在不同时辰中出世的鱼，它们引领着水族的灵魂。我们已无法查证这些鱼群是在什么世纪寻找到了洱海，并在此繁殖生命。总之，我们眼前的鱼族们已经在洱海演变了数不清的世纪。现在，鱼族们正在忘情地游动，它们并不害怕人，因为自从洱海存在的那一天，人就来了。人来了，这是神的派遣，人在这洱海边寻找到了镜面，在人类尚未发明玻璃镜面的时期，洱海已经成为迁徙到

此地的先民们的镜面。这些裸足者居住在苍山，那时候，洱海不需要凭眺远望，因为洱海就在眼帘之下。随同人的气味弥散，种子也来了，牲畜们也来了。至于野兽，它们巡游在高冈之上，住在苍山的密林深处。环绕洱海，我们也会看到各种家禽，由马、牛、猪、羊、驴、骡、鸡、鹅、鸭等组织的队伍，每天都会从洱海畔露面，于是，跟随它们就可以进入村庄乡镇。整个洱海之外都是良田、农舍，这些世界的基本图像深处上升着炊烟和清冽的雾状，以此告诉我们说：在这个世界的每一个角隅，你都会寻找一千多年前的农事生活。

神在哪里？神出现在人迹弥漫的自然深处，所以，我们会跟随无所不在之神，看到神居住的圣塔和庙宇，除了崇圣寺三塔以外，我们会前往观音堂、感通寺、苍山神祠、圣源寺等庙宇朝拜万能之神。在这样的时刻，我们再一次感觉到了，洱海之永恒，是因为诸神们长驻此境，在一个拥有神的圣境中，洱海将获得永生不冥的幻梦。

只有被幻梦所造就的洱海，可以造就人类的想象力和精神的熔炉。循着梦幻就可以寻找到阁罗凤黑色披风下的洱海深沉的梦乡，这梦乡从水上迷宫通往太和城，通往阁罗凤的孤独。循着岸上的波浪我们可以寻找到洱海的四季：第一季是以春色织出的锦绣，第二季是用花团铺开的视野，第三季是用熔金辉映的山岳，第四季是被雪覆盖的雪一样的圣境。

循着梦幻，我们沿岸上走就会寻访到苍山十九峰，它们是神造的峰峦组建成了一级级音阶，由北至南分别为：云弄、沧浪、五台、莲花、白云、鹤云、三阳、兰峰、雪人、应乐、观音、中和、龙泉、玉局、马龙、圣应、佛顶、马耳、斜阳。循着这梦幻音阶的十九峰布局，我们会与十九峰之间隐藏的或跃出的十八条溪流相遇，它们以各种妖娆的旋律汇入洱海之前，都在以自己的流速形体创造着水的蜿蜒，这十八条溪流分别由北至南，美名排列如下：霞移、万花、阳溪、茫涌、锦溪、灵泉、白石、双鸳、隐仙、梅溪、桃溪、中溪、中溪、绿玉、龙溪、清碧、莫残、葶溟、阳南溪。

4. 洱海已成为世界长驻之所

　　循着洱海的浪，我们会寻找到由金梭、赤文、玉几形成的三个岛屿，每个岛屿都有令人激动的风光，这些被新的文明所笼罩中的岛屿，昔日曾经是前南诏大理王者中消闲度假之地，当然也是王者们孕育宏伟理想的好地方。沿岸有四个洲环绕着洱海，它们分别是马濂、鸳鸯、青莎、大鹳绷。除此之外，洱海有九曲水系，分别为莲花、大鹳、蟠矶、凤翼、萝苘、牛角、波士乍、高岩、鹤矗。我们循着三岛、四洲、九曲，循着21世纪的自然地理的美学，水浪就在旁边，文明的历史就这样被饱受沧桑的洱海再一次深情地揽于怀抱。

　　越来越多的世界旅游者、环保主义者和各路艺术家们千里迢迢中奔赴洱海，新的浪漫主义者和理想主义者也来面朝洱海。洱海跨越了遥远而悠久的文明历史，经过了伟大而不凡的时间磨砺之后，正面对着新人。他们来了，我们也来了。在这个基本的人与自然赴约的场景中充满了一个共有的现实，每个人无论他置身于什么样的国度，什么样的社会背景之下，他看见的洱海都是源于心灵所渴望看见的洱海。基于此，每个人都是为渴望中看见的洱海而来。

　　当21世纪降临时，旅游已经成为一种生活方式，透过卫星云图，就可以看见洱海，在这个被文明所全面开发的世界，漫长的距离早就已经被飞行的翅膀所改变了。所以，来自全世界的长旅者们可以振动翅膀，随心所欲地去任何一个国度。缩短长距离往往会出现这样一番场景：当飞行者的翅翼刚醉心于云穹上彩云的变幻莫测的柔怀时，倏然间，飞行者的翅膀已经落在了大地上。当他们合拢翅膀时，洱海就跃入了眼帘。这就是文明的发展和幻变术，在这一幻变术中无以计数的旅行者奔赴洱海，他们像谒见到了梦境中的美景，因为在洱海畔，所有长旅者们所需要的元素，洱海都可以慷慨而神秘地赐予他们。

　　环保主义者们来了，这些秉烛而沿时间环游地球者，这些带着创世之际人类自然概貌的地球的监察者，他们会在无限的循环声中又一次

面对洱海，他们会坐在水边，细数着波浪中的水禽，那些以棕头鸥、翘鼻麻鸭、灰鹤、普通秧鸡、红胸田鸡、黑水鸭、彩鹬、凤头麦鸡、灰鹬、红嘴鸥、银鸥、灰背鸥、鸬鹚、秋沙鸭、黑水鸡的形象，在四个不同季节中出现时，环保主义者透过水浪，测量着水的清澈度。而此刻，鱼类来了，那些从有了洱海就出现的土著鱼们分别以弓鱼、油鱼、大理鲤鱼、鲫鱼、鳔鱼、细鳞鱼、丙穴鱼、桃花鱼的姿态迷惑着洱海，牵引着环保主义者的目光。毋庸置疑，洱海拥有世界环保历史中令人欣喜的一次又一次水的档案录，水依靠自然的力量和这个地区人神对水的严格佑护，保持了水的纯净度。

最后的浪漫主义者和理想主义者们也在奔赴洱海。这些在不同的心灵历程中依靠灵魂与万物对话者，一旦他们靠近洱海，灵魂就能出窍。在他们眼前出现的洱海是灵魂之海，是宇宙之海。在这里，通过这一些新的浪漫主义者和最后的理想主义者的灵魂触角，全世界便感受到了一种巨大的召唤。在这里，数之不尽的蔚蓝色波浪正荡漾着过去的、现在和将来的传奇和神话。

于是，我们和他们都来了，在不同的时间里在不同的云层和云壤下，以不同的心情奔赴洱海。这人类的永恒之水，以我们喜悦之魔力，再一次将洱海的风花雪月的传奇，荡漾在我们面前。

我来了，以有可能的方式寻访我的前世
当我的前世是云壤下的一只水狐时
洱海就存在了。当我用一只水狐
探寻着世间之浪时，洱海就已经存在了

当我是前南诏国的一名女巫时
洱海是我长驻之所，每一阵被我用手
托起的波浪，都曾经照彻过我的目光
使我追随过阁罗凤剑影下的黎明

此刻，洱海又一番美景就在眼前
在前世与今世的辗转中，一只只洱海鹤
仿佛轻托着南诏大理国的一切传奇史记
仿佛在复述中又形成了离散与聚会的庆典

我来了，带着我的笛声，将失沉的音律
送给永恒而蔚然的洱海